Vivre vite

Brigitte Giraud

Vivre vite

生き急ぐ

ブリジット・ジロー

加藤かおり訳　早川書房

生き急ぐ

VIVRE VITE
by
Brigitte Giraud

Translated by
Kaori Kato
First published 2024 in Japan by
Hayakawa Publishing, Inc.
This book is published in Japan by
arrangement with
Editions Flammarion
through le Bureau des Copyrights Français, Tokyo.

装幀：田中久子
Photo by Shanna Baker / Moment Open / Getty Images

テオへ

書くこと、それは避けたいあの場所へと導かれることだ。

——パトリック・オートレオー

何カ月も抗いつづけ、地所を明け渡せとせっつく開発業者たちの襲撃を何日もやり過ごしたすえに、私はとうとう白旗を掲《あ》げた。

きょう、家の売買契約に署名した。

私が〝家〟と言うとき、それはクロードと一緒に二十年前に購入し、彼が一度も暮らすことのなかった家を指す。

事故のせいで。この街の大通りで彼が借りもののバイクを加速させたあの六月のあの日のせいで。おそらく、ルー・リードに感化されたのだろう。当時クロードが読んでいた本のなかで、ルー・リードはこんなことを書いていた。〝生き急げ、太く短く生きるんだ〟。私はその本を寄せ木の床の上、ベッドの脚のそばで見つけた。そしてその夜から読みはじめた。〝悪者《ワル》を気取れ。すべてをぶち壊せ〟

私は自分の魂と、そしてたぶん、彼の魂を売ったのだ。

開発業者はすでに土地の区画をいくつか買いあげていた。そこには隣家の敷地も含まれていて、彼らはそこにうちの庭を見下ろすことになる建物を、その高みから私の私生活をのぞきこみ、と同時に太陽を遮ってしまう四階建ての建物をつくろうとしている。静寂とも陽光ともさようならだ。私を取り囲む自然はコンクリートに変わり、風景は消えてなくなってしまうだろう。しかも反対側では、新興住宅街への通行を容易にするために、うちの敷地に食いこむ形で小径を道路に変えることになっていた。鳥のさえずりはエンジン音に掻き消されてしまうだろう。ブルドーザーの群れがやってきて、まだ命あるものを一掃してしまうだろう。

私たちが、つまりクロードと私がここを購入したのは一九九九年のことで、通貨のフランがユーロに切り替わり、どんなちょっとした計算でも子どものころに習わされた〝比例式〟に頼らなければならなかったあの当時、土地占用計画に記された私たちの地所は〝緑のゾーン〟、つまり建設不可の区域にあった。隣家の所有者は私たちに、木一本切ってはならない、切るなら別のものを植えなければならない、と教えてくれた。自然の一片一片が神聖だった。だからこそ私たちはこの場所に魅了されたのだ。ここでなら、この街のはずれでひっそり静かに暮らせるはずだと考えて。ここには窓の向こうに見える桜の木のほかに、私がアルジェリアに里帰りした年に嵐で根こぎにされた楓の木と、これは最近知ったことだけれど、その樹脂がかつてミイラの防腐剤として使われていたアトラス杉が生えていた。

ほかの木々は私が植えたか、自然に生えたかしたものだ。たとえば、奥の塀をかすめながら勝手に伸びたイチジクの木のように。木にはそれぞれ物語がある。けれどもクロードがそれらを目にすることはなかった。彼はただ、感嘆の口笛を吹きながらここを訪れ、必要な工事の規模を見きわめ、自分のバイクを置けそうな場所の目星をつける時間しか持てなかった。面積を測り、ここで暮らす自分の姿を思い浮かべながら空中にざっと図を描き、公証人のところで書類に署名し、ふたりで協同組合銀行《クレディ・ミュチュエル》のオフィスに赴き、住宅ローン保険のそれぞれの保障割合を設定しながら皮肉めいた冗談を言う時間しか持てなかった。私たちが購入したのは、不動産業界で言うところのポテンシャルの高い地所だった。これから取り組まなければならない改修作業に私たちの気持ちは奮い立った。隣家との境をなす生け垣の向こうには敷地がたっぷり広がっているから、たとえ大音量で音楽をかけても、立木を数えていたあの隣人の迷惑にはならないだろう。あそこになら一生分の荷物を置けるし、いろいろ無謀なことにも挑戦できるはずだ。思う存分好きなだけ。

物事が連なって怒濤の展開を見せるなか、私は息子とふたりきりでここに引っ越してきた。売渡証書の署名。事故。引っ越し。葬儀。

私の人生は狂ったように加速した。それは風に髪をなぶられながら、座席が外れかけたジェットコースターに乗っているかのようだった。

私はいま、自分が降り立ったこの遠い場所からこれを書いている。その場所から私は、長いあいだ私抜きで撮影されてきた少しぼやけた映画を見るようにこの世界を眺めている。

この家はクロードのいない私の人生の立会人となった。住むためのすべを学ばなければならない、残骸のような家。そしてその家で私は、怒りに任せてハンマーを振るい、仕切壁を打ち壊した。それは私たちがのちのち庭に変えようと思っていた荒れ地に囲まれた、少しばかり土台があやふやな家屋だった。私は自分のしていることが改修ではなく破壊や粉砕であり、さらには漆喰、石、木など逆らうものすべてに対する宣戦布告のような気がしていた。相手は建材だから、牢屋に入れられることもなく好きなようにいたぶることができた。それは運命に対するほんのささやかな復讐だった。スイングドアの鉄板を蹴りつけたり、薄汚れた麻布をハサミで切り刻んだり、わめきながら窓ガラスを割ったりすることは。

そのいっぽうで、混乱の只中にあっても家庭という温かな繭玉を保とうと腐心した。息子が安心して眠れるように。羽根布団と羽根枕を用意し、ベッドの上の壁にはとにもかくにもお絵描きの絵を飾り、ふかふかのカーペットが敷かれた明るい色合いの小さな巣穴を、夜の恐怖と幽霊たちから身を守ってくれる砦をつくろうと努めた。

歳月を経てついに、私は反感を覚えていたこの家を手なずけた。夢現《うつつ》でここに移り住み、朝と夜とを取り違えたすえに壁にぶつかることがなくなり、次いでそれらを塗りはじめた。仕切壁や吊り天井を叩きのめすのを、空間のそれぞれを一平方メートル刻みで手強い敵と見なすのをやめた。怒りを鎮め、人付き合いのできる人物という衣装をまとうことを受け入れた。生者たちの市《マル》場《シェ》に戻る必要があった。私のことを寡婦などと言った人には火炎放射で応酬した。私は確かに悲しみにわれを失ってはいたけれど、寡婦などではなかった。

それでもまだ、庭じゅうにはびこる雑草に打ち勝たなければならなかった。何カ月ものあいだ私は手あたり次第に草を引っこ抜き、執拗に繰り返したその動作は見る人を不安にさせた。シバムギ、ヒメイラクサ、スベリヒユといった植物名を学び、夜、禁じられている焚き火（粒子状物質が発生するというのがその理由だった）を熾してそれらを燃やした。さらにブタクサや日陰を這うキヅタなど外来種の植物を根絶やしにし、望ましくない植物をしつこく追い詰めることで私は地所に光を呼びこみ、と同時に、私の頭のなかの翳を追い払った。

私は少しずつその場所を〝住居として占有〟しはじめた。火災や水害や空き巣（私も知っているかの有名な「マーフィーの法則」によれば、不幸はほかの不幸の到来を決して妨げはしない）にそなえて加入した保険契約の条項のひとつでそう定められているように。怒りもやわらぎ、私たちが、つまりクロードと私が思い描いていたとおりに一階と二階、それぞれの図面をつくることができた。私は彼の好みと彼が意図していた建材を正確に把握していたし、ふたりで住宅機材メーカー、ラペール社のカタログのページの端を折って目印をつけていた箇所にもあたった。私はようやく理性を取り戻し、次いでコンクリートスラブの打設や梁の交換や床のタイルの修繕をおこなう職人たちとの打ち合わせもできるようになった。セントラルヒーティングをしつらえたり、バスルームをつくり直したりする職人たちとも。私がまたバスタブに浸かりたいなどと願う日が来るかもしれないから。

ペンキの色を選びながら、木製のドアとの配色を考えながら、楽しいと感じることもあった。夕食の間際に低い角度でキッチンに射しこむ西陽を美しいと思うこともあった。

けれどもその光が誰に向けられたものなのか、私にはわからなかった。雨の日のほうが好きだった。雨の日は少なくとも私の悲しみをまぎらわそうとはしない。私は自分とクロードをつなぐのはこの家だと決めていた。この家こそが、私と私たちの息子が選んだわけではないこの新しい暮らしに枠組みを与えてくれるのだ。息子はまだ、〝私たちの息子〟だった。けれども、〝私の息子〟と口にすることを学ばなければならなかった。私を支えてきたこの〝私たち〟という言葉に代えて、結局は〝私〟と口にしなければならなくなるのと同様に。私の生皮を剝ぎ、私が望みもしなかったこの孤独を物語り、真実を歪曲するこの〝私〟という言葉を。

クロードがずっと前から夢見ていた小さなレコーディングスタジオをつくるというアイディアはそのまま残した。というわけで、防音設備が調えられ、彼がひとりで閉じこもって作業するはずだった部屋が設けられた。そこは彼の楽器を収めるための部屋でもあった。クロードが所有していたのはベース、ギター、シンセサイザーで、彼はヘッドフォンをつけ、買ったばかりのそのシンセサイザー（シーケンシャル・サーキット社のシックス・トラックで、わざわざ固有名詞まで出して心苦しいのだけれど、これはこれで重要なことなのだ）を弾いていた。

私は辛抱強く事を進めた。部屋のすべてを、家の隅々まですべてを改修し終えるのに二十年近くかかった。窓は昨年ようやく取り替えた。鎧戸のペンキも塗り終えたばかりだ。そんなこんなの苦労をしたところで、結局は開発業者にすべてまるごと壊されてしまうと知っていたら。正面壁《ファサード》は一度も塗り替えていないから、いまだに少し汚いままだ。あまりにも費用がかさんだ。当初の計画にあったように、ウッドデッキを置くことはついぞなかった。それで正解だった。

私にとって大事なのは別のことだった。私がこだわっていたのはたったひとつのことで、周囲の人を不安にさせないように、私はそれを自分の胸の内だけにとどめていた。口に出すことはなかった。というか、もう口に出そうとはしなかった。事故から数年を経てもなお、どうしてそれが起こったのか、その理由を理解しようと私が躍起になっているのを知られたら、奇異に思われるだろうから。あの事故については、一度もその原因を説明してもらえなかった。だから私の頭は、延々とせわしなく駆けめぐりつづけている。

運命。そここで耳にするこの言葉に意味があるのかどうかわかるまで、相当な時間が必要だった。そしてうちの敷地に道路を通すためにここを去らざるをえなくなったいま、私は最後の状況解明を試みなければならない。そうすれば捜査を打ち切ることができるだろう。クロードが道路で死んだあと、道路が一本、私を踏みにじって敷設されるなんてあまりにもひどい話ではないか。しかも、二酸化炭素の排出を加速する無数の道路のせいで地球が死にかけているこのご時世に。クロードならこの運命の皮肉を笑っただろう。ベッドの脚のそばに落ちていた彼の読みさしの本、私が「生き急げ」というルー・リードの言葉――元はジェームズ・ディーンの言葉だった――を見つけたあの本は、アメリカの音楽評論家、レスター・バングスが書いたもので、仏語版のタイトルは『Psychotic Reactions & autres carburateurs flingués（サイコなリアクションとどてっ腹に穴のあいたキャブレター）』。またしてもキャブレター。いつもこれがついてまわる。

　私は最後にもう一度、懸案の問いのまわりをぐるりとめぐる。ドアを完全に閉める前に、家のなかをひとめぐりするように。というのもこの家こそが、あの事故を招いた物事の中心にあるからだ。

もしも私がアパルトマンを売ろうとしなければ。

もしも私があの家を見に行こうとしなければ。

もしも私の祖父が、ちょうど私たちがお金を必要としていたときに自殺しなければ。

もしも私たちがあの家の鍵を事前に手に入れなければ。

もしも私の母が弟に電話して、私たちのところにガレージがあると伝えなければ。

もしも弟が一週間のヴァカンスに出るあいだ、自分のバイクをうちのガレージに駐めなければ。

もしも私が、うちの息子をヴァカンスに連れていくという弟の申し出を拒まなければ。

もしも私がパリの出版社に出向く日を変更していなければ。

もしも私が六月二一日の夜、エレーヌの新しい恋の話を聞く代わりに予定どおりクロードに電話をかけていたら。

もしもあのとき携帯電話があったなら。

もしも〝ママの来る時間〟が〝パパの来る時間〟にもなっていなければ。

もしもスティーヴン・キングが、クロードが死ぬ三日前に見舞われたあの悲惨な交通事故で命を落としていたら。

もしも雨が降っていたら。

もしもクロードがオフィスを出る直前に聴いた曲が、デス・イン・ヴェガスの「ダージ」ではなくコールドプレイの「ドント・パニック」だったなら。

もしもクロードがATMに三百フランを置き忘れなければ。

もしもドゥニ・Rがルノー2CVを父親に返しに行こうとしなければ。


もしも事故に先立つ数日が、そのどれもこれも説明のつかない予想外の出来事が次々に連鎖する慌ただしさのなかになかったならば。


そしてなにより、タダオ・ババがなぜ、一万キロメートルも離れた場所で暮らし、ホンダの歴史に革命を起こしたあのエネルギッシュな日本人エンジニアがなぜ、私の人生に勝手に入りこんできたのか。

一九九九年六月二二日にクロードが乗っていたメイド・イン・ジャパンの花形、ホンダのCBR900ファイヤーブレードがなぜ、危険すぎるという理由で日本では公道での走行が禁止されていたのにヨーロッパに輸出されていたのか。

私はこの間《かん》ずっと私に取り憑いてきた一連の〝もしも〟に立ち戻る。私の人生を、条件法過去の現実に変えてしまった一連の〝もしも〟に。

悲劇がひとつも起こらないとき、私たちは振り返ることなく前進する。地平線をまっすぐ前方に見据える。悲劇が出現すると、私たちは道を引き返し、問題の場所に幾度となく立ち返り、状況の再現に乗り出す。それぞれの行動や決定を誘発したきっかけを理解しようとする。何度も何度も巻き戻しをする。〝因果関係〟を追及するスペシャリストになる。追跡し、分析し、解剖する。人間の本性と、起こった出来事を生じさせた個人と集団、双方の要因について余さず把握したいと願う。社会学者なのか警察官なのか作家なのか、自分がいったい何者なのかもはやわからず、おかしな考えに取り憑かれる。理解しようとする。人間がいかにして統計値のなかの数字に、総体のなかの小数点になってしまうかを。人間はみずからを唯一無二の、死とは無縁の存在だと考えているにもかかわらず。

もしも

1　もしも私がアパルトマンを売ろうとしなければ

クロードと私は、フランス南東部に位置するリヨンの郊外にあるリリュー＝ラ＝パプという町で出会った。そしてそのときから、同じ郊外の町であるヴォー＝アン＝ヴランと比べると、一九八〇年代以降、暴徒に燃やされた車の数が圧倒的に少なかったがゆえに知名度の低かったその町を出てリヨンの中心部に移り住もうとあれこれ模索した。

自分たちの夢を叶えるアパルトマンを探し出すために不動産広告を見てまわったあの時期、私は楽しくてたまらなかった。私たちが夢見ていたのは、自分たちが暮らすリヨン郊外の優先市街《ZU》化区域《P》ではお目にかかれない、あれらのカフェや映画館や店が建ち並ぶにぎわいあふれる地区だった。私たちが望んでいたのは、自分たちが育ったベッドタウン、幾十もずらりと並ぶあれらの一律の鉄筋コンクリートの低家賃団地とは対極にあるものだった。

私はそれほど苦もなく恰好の賃貸物件を見つけ（一九八〇年代初めのことだ）、クロードとふたりでそのだだっ広くて古ぼけたアパルトマンに引っ越した。ばかばかしいほど安い家賃が魅力だったし（月四百フランで、領収証はまだ捨てずに取ってある）、化粧漆喰をほどこしたひどくキッチュな二本の柱がリビングに宮殿風の趣を与えていたし、オークの寄せ木の床にも心をくすぐられた。私たちにおなじみのリノリウムの床と、母親たちの脚をむくませる床暖房とはそろそろ縁を切る頃合いだった。クロードと私は入居審査に通ったことに有頂天になるあまり、ラジエーターがないことにも、窓の気密性に問題があることにも、向かい側の建物の正面壁《ファサード》まで五メートルもなく、そのせいで光が射さないことにも、その同じ建物に売春宿が入っていることにも気づかなかった。

私たちは郊外の団地育ちの仲間たちのなかで最初にリヨンの中心部に移り住んだ人間だった。貴重な掘り出し物を、つまり地下鉄の市庁舎《オテル＝ド＝ヴィル》駅からすぐのところで友人たちを迎え入れ、みなの拠点となるのにじゅうぶんな広さをそなえたアパルトマンを、パーティーや即興のライブにうってつけの、あるいは必要な人に宿を提供するのに恰好のアパルトマンを手に入れて。

けれども、すぐに運に見放された。

〝都市の高級化《ジェントリフィケーション》〟などという、当時二十代の初めだった私たちにとっては初耳で、けれども私たちの人生の歩みを決定づけたこの言葉を振りかざされて、早々に立ち退きを強いられたのだ。アパルトマンが入っていた建物を買い取って収益性の高い住宅を整備しようともくろむ開発業者は、法律が定めるとおり引っ越し先の物件を提示してきたけれど、それがあるのがこれまた郊外の町、ヴェニシューで、そこは夜間の騒々しさと、市が近々ダイナマイトで取り壊すことにしていた十五階建ての団地群で有名だった。周囲はどうやら私たちを力ずくで郊外へ押し戻そうとしているようだったが、私たちにそこに戻るという選択肢はなく、リヨンの中心部に居座りつづけるためには闘うよりほかなかった。

新たに借りた川岸の物件も良心的とは言いがたい家主によってふたたび立ち退かされたあと、私の祖父が自殺したという報《しら》せがもたらされた。こんなふうに書くと、立ち退きと自殺のあいだになにか関連性があるように思われるかもしれないけれど、そんなことはない。とはいえ引きのカメラで捉えると、共通点は存在する。この死んだ母方の祖父は農村住民による都市流入の典型例であり、一九五〇年代にリヨン都市圏に流れ着き、ローヌ川のほとりに建つ小さな家に家族ともども引っ越した。落ち着いた先はサン゠フォンという町で、そこでは当時華々しく事業を展開していた製薬グループ、ローヌ゠プーラン（のちにサノフィ・アベンティスにより買収）が用地拡大に乗り出していた。そのため祖父母は数年後、ブルドーザーに場所を譲り、ヴェニシューの団地に移り住むことを強いられた。団地はオーヴェルニュ地方、アルジェリア、モロッコ、ポルトガルなどからやってきて生まれ故郷とのつながりを絶たれた人たちを、つまりすぐ近くにあるフェザンの製油所から排出される硫化水素をたっぷり含んだ空気を吸うことに文句ひとつ言えない人たちを収容する場所だった。布地にしみこむ腐った卵のような臭いのせいで、もはや洗濯物をどこに干したらいいのかわからず途方に暮れていた祖母が若くして白血病で死んだあと、祖父は差し障りがありすぎて語るに語れないあれやこれやの紆余曲折を経たのちに、ローヌ川に身を投げた。遺体と身分証は、石油化学コンビナートの中心に位置するピエール＝ベニットの堰《せき》で見つかった。

クロードと私が家を所有することになったのは、私たちの人生の歩みを決定づけた、あの〝ジェントリフィケーション〟による立ち退きと、母を介して受け取った祖父の遺産によるものだったのか？　あるいは、ふたたび退去させられるような事態を避けたかったからなのか？　私たちはおそらく、状況を落ち着かせたかったのだと思う。そしてたぶんもうひとつ別のものを、つまり私たちが当時意識すらしていなかった不安とでも呼ぶべきものを鎮めたかったのだ。そうした不安は、クロードにとっては国を追われるという体験に端を発していた。なにしろ彼は四歳のときにアルジェリアを出る船に乗り、以来、あの国を訪れる機会に恵まれずにいたのだから。

家を持つことはイデオロギーの象徴と捉えられがちだけれど、おそらくそれだけではない。私たちは、もうひとり子どもが生まれるため引っ越しを考えていたブーベケール一家からリヨンのクロワ＝ルース地区にあるアパルトマンを買い取った。そしてそこに十年住み、ほぼそれと同じ歳月を修繕作業に費やした。私たちの世代にとってはあたり前のことだった。当時三十代だった人間にとって、〝カニュ〟を購入して改修するのはよくあることだった。〝カニュ〟とは十九世紀に絹織物工房が入っていた建物で、織り機と職人たちの寝床をしつらえるために相当な天井高をそなえている。クロワ＝ルース地区はリヨンが一大絹織物産地だった時代から変貌を遂げたけれど、労働者と移民が集まる界隈であることに変わりはない。私たちのようにカニュをリフォームしようとした人たちは大勢いて、みな古い汚れを取り除き、壁を塗り直し、アメリカ式キッチンを取りつけ、二十世紀半ば、つまり〝栄光の三十年間〟（一九四五～七五年のフランスの高度経済成長期を指す）にここを所有した人たちが当時人気のなかったフランス式梁を隠すために張った仮天井の木板を剝ぎ取ることに精を出した。

一九九〇年代、流行は変わり、本物志向がキーワードとなり、あのころ最高にシックとされたのは逆に梁と石を剝き出しにすることだった。クロードと私もそうしたスタイルを追求しようと躍起になった。週末を作業に費やすこともいとわずに、木材の表面を保護するために塗るキシラデコールを大量に吸って軽くハイになりながら。私たちはつなぎの作業着に身を包み、建築機材のレンタルを手がけるキルトゥー社から借りた小さな足場に立ってニルヴァーナを聴いた。初めての〝マイホーム〟を持つ喜びに浸っていた。美の力を信じ、ここをセンスのよい神殿に変えてみせると意気ごんでいた。私たちは愛し合っていて、私たちの前途にはひとつの障害もなかった。

やがて息子が生まれ、私たちの活力はますます燃え盛った。息子はクロードと私とで壁紙を貼り直した唯一の寝室で眠り、いっぽう私たちは、十九世紀の機織り工《カニュ》のように中二階で寝起きした。この地区の住人たちにとってはよくあることで、それがたとえ未明の三時に用を足しに行くためであっても、はしごをのぼり下りすることを甚だロマンあふれる行為と見なしていた。自分たちこそがおしゃれなライフスタイルを独り占めしているとうぬぼれていた。私たちはクールで自信に満ちあふれていた。断言できる。あれは申し分のない暮らしだった。そしてその暮らしは十年続いた。

自分でもよくわからない。いったいどういう風の吹きまわしで、私はこの調和の取れた暮らしのなんらかを変えたいと思ったのだろう。

それというのも、引っ越したいという願望はこの私から出たものだからだ。移り住みたい、リセットして一からやり直したいという願望は。一段上の〝クール〟を追求したい、どうせやるなら完璧を目指したい、という願望は。

そんなわけで私は、なんだかんだ言っても夜中によじのぼらなければならないあの厄介なはしごを、プライバシーが守られないことを、目下検討中のふたり目の子どもができたら部屋数が足りなくなることを口実にした。

私が小説を書きはじめたのはあの時期、迷いに満ちた潜伏期、私が人生に物足りなさを感じていたあのころのことだ。

2　もしも私の祖父が自殺しなければ

出来事の連なりには秩序もなければ、定められた順番も準じるべき手順もない。ただ水平線から次々に現われ出る波があるだけで、波頭のラインをくっきりと見せつけるそれらの波はほとんどの場合、無害だ。それというのも、小波《さざなみ》であれ巻き波であれ、予測可能だから。それからふいにあの大きなうねりが発生し、それらはこちらが気づかぬうちにどんどん膨らみながら近づいてきて、私たちが背を向けた隙に襲いかかってくる。

祖父の死はたぶん、一連の出来事とはなんの関係もないのだろう。表面上、それがもたらしたのは金銭にすぎない。そこに特筆すべきことはなにもなく、言えるのはただ、お金というものは賢く使わなければならず、失うリスクを冒さずにそれをなにかに変換するすべを学ぶ必要があるということだけだ。祖父の残した財産は、家に投資するのがいちばんだった。なにしろ私が属する社会階級の人間は、金融の仕組みなどちんぷんかんぷんで、これを疫病神のごとく警戒しているからだ。それにしてもあれを〝財産〟と呼ぶのはあまりにも大仰《おおぎょう》だ。実際のところ、ささやかな額にすぎなかったのだから。とはいえ、受け取った遺産を、自分が持っていたら使いこんでしまいそうだからとさっさとこちらに渡そうとした母がいちどきに払いこんできたため、それなりにまとまった額ではあった。

要するに、母がふたりの子に等分してよこした祖父の遺産は、あのいわゆる自己資金というものをつくるのに必要とされた額にぴったりで、これがなければクロードも私も、俗に言う〝一国一城の主〟となるべく大きな一歩を踏み出すことはできなかっただろう。もう二度とふたたび追い出されないようにマイホームを買う。なるほど賢明な考えだ。ふたりで歩む人生の基礎固めをするために家を買う。文句のつけようのない発想だ。とはいえ、先立つものがなければ一歩も前には進めない。

祖父がまだ若くして自死しなければ、私たちがあの最初のマイホームを購入し、そのあとそれを売って買い替えるなどということは考えられなかっただろう。そしてのちのち、事故を招くことになるガレージつきのあの大きな家に足を踏み入れることは決してなかったはずなのだ。

とはいえ、不動産購入のための、このいわば天から降ってきたような資金の提供者となったのは祖父だけではない。もうひとり強力な、おそらくもっと侮れないスポンサーがいた。それは一九八〇年代末に人々を狂騒に巻きこみはじめた不動産投機だ。なにしろ三十二万フランで購入した物件が十年後に二倍の額で売れるとなれば、これはもうやるしかない。まわりには儲け話を熱く語る目端のきく人たちがいて、クロードと私は、そんな不埒な行為はごめんだなどとうそぶきながらも、結局は電卓を引っ張り出してきて、リフォーム済みのアパルトマンの一平方メートルあたりの価格を皮算用した。買値の二倍で売る〝転がし〟の誘惑は大きかった（その他、〝投げ売り〟や〝買い叩き〟など、もっとも左寄りの友人たちをも含めたほかの人たちがそこここで臆面もなくやりはじめた不動産投機にまつわる表現は枚挙にいとまがない）。そして中二階のついたカニュの居心地は決して悪くなかったのに、クロードも私も結局は、もっと上を目指せ、濡れ手で粟のおいしい話を見逃すな、の号令に屈することになった。

そうは言っても、ふたたび引っ越しをしなければならないという不都合はあったし、売値が高騰しているということは買値も高騰していることを意味していた。けれども家の買い替えは一種の刺激的なチャレンジで、魅力を感じなかったと言ったら嘘になるだろう。

クロードはいかにも彼らしい寛容さとひょうひょうとした態度で私の好きにさせた。きみにこのアパルトマンを売るだけの気力があるのなら、もう一度ゼロからやり直すだけの気力があるのなら、いいんじゃない。それは異存がないときに彼が使う言いまわしだった。いいんじゃない。

クロードはオアシスを聴きながら私に、ギャラガー兄弟の、つまりボーカルのリアムとギタリストのノエルの仲たがいについて語っていた。彼は夜、CDプレーヤーが置いてあったキッチンで音楽のボリュームをあげ、当時流行《はや》っていた音楽を聞かせてくれたものだ。ブラーとオアシス、どっちにする？　ひと昔前の世代だったら、こう尋ねていただろう――ストーンズとビートルズ、どっちにする？　その種の問いが彼の心を躍らせた。剝き出しの石の壁にするか、夢の宮殿を追求するかを尋ねる問い以上に。とはいえクロードは大工仕事も得意で、マイターボックスの前にかがみこんでいるのも好きだった。いいんじゃない。

私は日々を探求の旅に変えた。自分たちの人生を危険にさらしているとは露ほども思わなかった。私にはつねに動きまわっている必要があった。デビュー作となる小説（父親殺しで監獄に入れられた男の物語だ）を書くのと並行して不動産広告をチェックし、電話をかけ、電卓を叩き、自宅の2LDKのアパルトマンの内見会を催した。冗談半分で言い出したことが明白な課題となり、やがて喫緊の課題となった。アドレナリンに突き動かされていた。私は毎週月曜日にリヨンの無料情報誌〈69〉が郵便受けに投函されるのを待ちかまえ（インターネットと個人間売買サイト〈ルボンコワン〉が登場する前のことだ）、アポを取りつけ、私が考える庭つきの理想の家を探した。地面を掘り返して紫陽花を植えるなどという気まぐれがどこから出てきたのかわからない（十中八九、ブルターニュで過ごしたヴァカンスからだと思うけれど）。さらには屋外で朝食をとる、友人たちを招く、息子をのびのび外遊びさせるなどという思いつきも。私が設定した譲れない条件をいくつか挙げるとこうなる――古い建物であること、南向きであること、寝室が三つ、ないしは四つあること（クロードには楽器を置くための部屋が必要だったし、私もできれば仕事部屋が欲しかった）、小さな庭かテラスがついていること、そしてオートバイを置くためのガレージがあること。私は不可能を追求していた。そしてたぶん、それを楽しんでいた。

私はほうぼうに足を運び、今度こそはと期待した。私の人生は私がこれから見つけ出す夢の家を中心にまわっていた。より広く、より光にあふれ、より快適な家。私はほうぼうに足を運び、小説を書いた。私が必要としたこのふたつの活動に関連性はあるのだろうか？　それはおそらく、私がじっとしていられない性分だということだろう。すでに週二日、外に働きに出ていたのに、それだけでは足りなかったのだ。

かくして私は、物件探しのエキスパートになった。不動産広告を読み解く術において私の右に出る者はおらず、その書きぶりから物件の粗《あら》を突き止めることができた。私は罠と言い落としからなるあの不動産広告特有の言葉遣いに魅了され、凄腕の解読者、ちょっとやそっとではだまされない目利きになった。

小さな声が私にこうささやくべきだったのだ――そのままとどまれ、リフォームしたあのカニュを離れるな、確かに少々手狭だけれど、少々簡素な造りだけれど、じゅうぶん不自由なく暮らせるではないか。小さな声が土曜日、クロードが働いているあいだ狩りに出ようとする私を椅子に縛りつけておくべきだったのだ。

そのままとどまれ。

まだやめることは可能だった。どことも、どの不動産業者とも、どの銀行とも、なんの契約も交わしていなかった。私は自由で、そして万事が順調だった。

けれども、私はあきらめるタイプではない。

なんとおぞましい一文だろう。そしてようやく私は、そう書くことを受け入れている。

私はあきらめるどころか、活動のテコ入れすら図り、近隣のこぢんまりとした一軒家の郵便受けに〝売家求む〟のチラシを入れてまわった。都会の一軒家が理想だと思っていた。クロードも同意した。ああ、いいんじゃない、きみが好きなら。彼が口にした唯一の希望は、そしておそらく彼が唯一したかったことは、高所のバルコニーから家々の屋根を見下ろしながらタバコを吸うことだった。彼にそんな夢を抱かせたのは、アルジェリアの家のテラスの遠い思い出だったのかもしれない。幼いころ、そこで三輪車を乗りまわした感覚はまだ彼の身体に刻まれていた。それとも、ときおり爆音が響く広大な空の思い出だろうか。いっぽう私は、低いところのほうが、地面にしっかり足がついているほうが好きだった。あとあと不可解に思うようになる当時の心の高揚を、妄執に変わっていった願望を、私はよく憶えている。

3　もしも私があの家を見に行かなければ

一件の物件広告に興味を惹かれて、私は自宅からすぐ、通りをいくつか隔てたところにある家を訪れた。すでに七歳になっていた息子も連れていった。私たちには価格が高すぎる、あまりにも高すぎるのはわかっていたけれど、いわばちょっとした好奇心から、普段よく通りすぎているあの高い壁の向こうがどうなっているのかこの目で確かめてみたかった。

それはめまいを覚えるほどの衝撃だった。物件購入にあたって設定していた条件などいっぺんに吹き飛び、これだ、絶対これだ、これしかない、と思った。けれどもいかんせん、資金がない。あの青々とした庭、立派な木々、ブランコはまだ心に焼きついている。幹をたわませていた牡丹の花も。家のなかは薄暗く、独特の魅力にあふれていた。ぎしぎしと軋む木の階段は九十度に曲がって延びていて、艶めく手すりがついていた。二階には年代物の壁紙が貼られた寝室が四つと、ロココ調のバスルームがあった。

広大な庭をめぐり、奥の柵の近くに設けられた物置小屋へ向かいながら、無念のあまり胸が詰まった。どう考えても自分たちには分不相応だと悟ったから。するとそのとき、生け垣の背後に隠れた場所にもう一軒、もっと小さくてもっと簡素な家があることに気がついた。閉ざされた鎧戸のペンキが剝げ落ち、生い茂る緑に埋もれかけている廃屋が。

あのとき、黙っているべきだったのだ。

私は死角にあったその廃屋に気がついた。その瞬間、蔦に覆われて森の際《きわ》に建つ、おそらく幽霊屋敷と化しているであろう家、湿気と硝酸カルシウムの結晶と禍々しい物語に満ちた廃墟を目にしたような気がした。あるいは、戸口や窓を雑に封鎖され、嵐の夜の恐怖や暖炉の薪の燃え残りや、木の床に散らばるガラスの破片や古い紙束などをいまだにその腹に収めている古家を。それは、ふつうの人ならあとずさってしまうような家だった。

たまらず私は尋ねた。

すると婦人は、あれは兄のもので、売り家ではないと言った。そして戦争とかかわりがあることをほのめかした。なんでもジャン・ムーラン（一八九九〜一九四三。政治家、レジスタンス活動の指導者）がそこで何度か会合を開いたとのことだった。私はそのとき、おそらく、自分たちが暮らすカリュイール、つまりリヨン市の四区に隣接するここカリュイール＝エ＝キュイールでジャン・ムーランがゲシュタポに逮捕された事実を指摘すべきだったのだけれど思いつけなかった。婦人はさらに、一家が地下室にイギリスのパラシュート部隊を匿っていたという逸話と庭の奥に埋められている武器について語り、一本の針葉樹（あとでアトラス杉だと知った）が植わっている地面のあたりを漠然と手で指し示した。そして彼女が赤ん坊だったころ、両親が揺りかごに弾薬を隠していたことや、爆薬をつくるために固形石鹸を貯蔵していたことも明かした。彼女の兄がニースに住んでいて、家を売る気はないことも。ええ、ねばっても無駄ですよ。

不吉なオーラを感じさせるこのいわくつきの家を前にすれば、誰もが目をそむけ、その場から逃げ出しただろう。過去をしまいこんだまま四方の壁をぴたりと閉じたこの家をそのままにしておいたはずだ。

ところが私の反応はまったく逆だった。目の前に差し出されたこの謎にまるで磁石に吸い寄せられるように惹きつけられ、達成不可能な二重のミッションに絡め取られた。この家を購入し、隠された武器を見つけ出すというミッションに。困難きわまるこのミッションが私を抵抗運動《レジスタンス》の闘士に変えてくれるとでも言うように。それはまさに降って湧いたような話で、そして私は、そこに自分たちの人生を暗転させる魔の歯車が潜んでいることに気づけなかった。

数日後、私はもういてもたってもいられなくなり、マダム・メルシエ――それが婦人の苗字だった――に手紙をしたため、自分があの場所にどれほど魅了されているか、あの界隈にどれほど愛着を抱いているか切々と訴え、彼女の兄を翻意させるやもしれない事柄を並べ立てた。遠くに住んでいる頑固者の兄。そこに私は、この地所だけは売ることができないという秘密の匂いを感じ取っていた。

そしてそれが、恥の意識とともに私の胸に刻みこまれているサスペンスの始まりだった。

返事はもらえなかった。私は甘かった。見ず知らずの人が、家探しをしている若い女性の熱意に簡単にほだされると考えていた。私はさらに返事を待ち、落胆し、と同時に、ブルジョワのメルシエ一族に拒まれたことに傷ついた。

私はそこに徴《しるし》を見いだすべきだったのだ。あの人たちに感謝するべきだったのだ。説得を試みるのではなくて。この取り組みを単なる家探し以上のものにするのではなくて。私が単純な人間ならば、これは階級闘争の秘めたる一形態だ、と主張するだろう。さらにはおそらく、リベンジだ、とまでも。というわけでこの私のことは、一応の分別だけはそなえた単細胞、ということにしておこう。

私は物件探しを続けた。結局のところ私の人生はこれからであり、私はそう信じていた。すべてが順調で、順調であることをもはや意識もしなかった。またチャンスがめぐってくるはずだ、と考えていた。私は相変わらず売家の広告に片っ端から目を通し、不動産業者にふたたび連絡を取り出した。この課題を日々こなすことに満足を覚え、そうすることが私の日常に刺激を与えていた。

先に買うのか、売るのか、どちらが正解かわからなかった。つなぎ融資の話を聞いたときには、これから眠れない夜が続くのだろうなと覚悟した。けれども行く手を阻むものはなにもないと信じていた。金利や銀行の貸付条件について情報を集め、あれを最後にもう二度とふたたび湧きあがることのなかった力を発揮しながら道を切り拓いていった。いま振り返れば、あのときの私は総勢一名からなる軍隊のメンバーで、指揮官であり歩兵であり砲兵だった。

ある日、大きくて途方もなく魅力的なアパルトマンを見に行った。場所は同じカリュイールだけれど、クロワ゠ルース地区からもっと遠い市営プールの近く、モンテシュイの団地群との境にあり、結局のところ私たちにはそうしたところがふさわしいのかもしれないと思った。そこでの日常はまるでスローで再生しているように緩慢で、いま住んでいるところの暮らしとはずいぶん違っているように感じられた。ここに越してくれば息子は転校を余儀なくされる。けれどもそれは乗り越えられない障害ではない。共用の庭がついたこのアパルトマンには安らぎを感じさせるなにかが漂っているし、じゅうぶんな広さがあるからそれぞれクリエイティブな活動ができるし、ひと部屋を学生に貸すという手だってある。あとはガレージを探せばいいだけで、それはなんとでもなるはずだ。

私たちの夜は検討会と化した。メリットとデメリットを、胸を弾ませる事柄と胸にわだかまる事柄を、足し算と引き算を突き合わせる会に。難しい選択を迫られたせいで大きなストレスにさらされた。クロードと私のあいだの話題はこの件に終始し、交わされる会話は、私に取り憑き、私のいる空間のすべてを占拠し、私を舞いあがらせ、ときに私をグロテスクな言動へと駆り立てた引っ越しにかける強い思いに支配された。第三者の意見を聞きたくて、私は友人のマリーを誘ってもう一度あのモンテシュイのアパルトマンを見に行った。そしてその日、アパルトマンの敷地内のローヌ川方面へ下っていく斜面で数匹のウサギを目にした。それは私の背中を押す強力なアピールポイントになったのだけれど、ウサギをダシにするアイディアはどんな不動産業者にも思いつけなかっただろう。それはちょうど私が不動産会社というものや、不動産業者が多用する見え透いた宣伝文句や、彼らが身にまとうぴったりとしたシャツや、彼らの抑うつ傾向を知った時期でもあった。

そのあとクロードがこのアパルトマンを確かめに行き、カフェや映画館や働いている新聞社からは遠いけれどいろいろな利点があることを認め、私の際限のない物件探しにうんざりしはじめていたせいだろう、いいところじゃないか、と言った。彼は私とは正反対で、眠れて、音楽を聴けて、バイクを駐められればそれでオーケーという人で、完璧を目指してあくせくすることがなかった。彼の唯一の無念は地中海の近くに住んでいないことで、秋が夏に取って代わり、日脚が短くなるのと同時に気温が下がってしまうことを悲しんでいた。そしてなににも増して、過ぎゆく時間に、自分を四十代に突入させてしまった流れゆく歳月に気を揉んでいた。彼にとってどこに住むかは些末な問題にすぎず、その反面、一一月になることに苦痛を、いや、苦痛以上のものさえ感じていた。

一一月。私たちはアパルトマンの仮契約を結ぼうとしていた。私は心が浮き立ち、それはクロードも同じだった。今回の引っ越しが私たちの暮らしに大きな変化をもたらすのは間違いない。これほど広いアパルトマンを購入するのはまさに人生の一大イベントだ。寝室のひとつを私の仕事部屋にあてられるだろうし、ゲストルームも確保できるし、クロードも愛用のマイターボックスを引っ張り出してきて日曜大工に励めるし、同じ建物の住人たちの許可さえ取れれば、共用庭の奥にある建物をバンドのメンバーとの練習場所として使えるだろう。さらに市営プールの会員になれば健康的だ。人生のよい面ばかりに目を向ければそれでいい。

となれば、あとはいま住んでいるカニュを売るだけだ。これからは内見会を催し、そのために毎日欠かさず掃除をし、チューリップを挿した花瓶をキッチンのテーブルに置き、息子が家のなかのあちこちにおもちゃを散らかさないよう目を光らせなければならない。クロードとふたりでリビングの真ん中に洗濯物を干すのをやめ、バスルームもガスレンジも使ったあとは毎回ピカピカに磨きあげ、動線をふさいでいる何本ものギターを片づけよう。

そんななか、マダム・メルシエから電話があった。

このくだりを書きながら、あの人は悪魔だ、と私は思う。それでもMercier《メルシエ》のなかにはmerci《メルシー》が含まれている。私はあのとき、いいえ《ノン》、結構です《メルシー》、と応じるべきだったのだ。

それこそが口にするべき言葉だったのだ。あの婦人があの雨の夜に固定電話（まだ携帯電話が普及していない世界にいることを忘れないで欲しい）に連絡してきて、彼女の兄の気が変わったことを伝えてきたときに。彼女の兄は、私が夜昼なく思いつづけ、なんとか手に入れようと法外な買値を提示したあの廃屋を売ることに同意した。彼は同意し、あの偏屈者は、最終的には道理の通じる人物になった。それというのも、浅はかな女が、建っているのもやっとのあの家を譲ってくれと頼みこんだから。

けれどもひと足遅かった。私たちはほかの物件の仮契約を結んだばかりで、メルシエ一族を相手にするわけにはいかなかった。法律で認められた解除可能期間である十日を過ぎて仮契約を反故《ほご》にする場合、購入金額の十パーセントを支払わなければならず、それは取りも直さず大金だった。考えるまでもなかった。契約の破棄は選択肢にもならなかった。まっとうな頭を持つ人にとっては。誰だってこうつぶやくだろう。〝ついてない、タイミングが悪すぎる、でもどうしようもない〟。誰だって当日の夜は不運を嘆くはずだが、じきに忘れてしまうだろう。

私もそうするべきだったのだ。そしてクロードも、忘れよう、と言った。

けれども悲しいことに、私はあきらめられなかった。ありえないほどの努力をしてみても。そして逆に、このもつれ切った新たな状況に発奮した。さらには、悪魔と手を結んだ。

だめだ、やめろ。声はそう叫ぶべきだった。

忘れろよ、とクロードは言った。そろそろいい加減にしないと。

眠れない夜を重ね、昂《たかぶ》りと動悸に襲われながら私は黙々と考えつづけた。

メルシエ一族のあの家が欲しかった。もろもろの事情を勘案してみても、やはりこの界隈に、カフェの近くに、学校の近くに、市場《マルシェ》の近くにとどまりたかった。モンテシュイの団地群のそばにある物件に心を躍らせるなんて、私はどうかしていたに違いない。近くにあるのは市営プールだけで――入場料がぐんと値上げされたのは、たぶん、団地に住む貧乏な人たちが新入りの住人にとって目障りな存在にならないようにするためだ――、しかも通りは閑散としていて、散策をする、つまり界隈を歩きたくなる理由はひとつもない。太陽が輝くある朝、草むらで戯れるウサギを二匹見かけたからと言って、あるいは共用庭にある暖房もない木造の小屋で、住人たちの承諾を得られるかどうかもわからないうちからクロードがバンドのメンバーと練習できるのを期待してこんな寒々しい場所に引っ越そうだなんて、いったいどうしたらそんなことを思えたんだろう。まったくなにを考えていたんだか。

私たちに必要なのは、小さな庭がついているメルシエ一族のあの家を買い取ることだ。私はそう思い、そうしたいと願った。私たちの人生最大のチャンスなのだから。

私は眠っているクロードに、私がなんとかうまい手を見つけるから、とは言わなかった。安らかに眠っている彼のそばで、私は燃えあがらんばかりに頭をひねり、あの仮契約をいかにして解除するかを考えた。あのとき眠りに落ちるだけで、あきらめないことをあきらめるだけでよかったのだ。まだ流れを止める時間はあった。なにもしないだけで事足りた。ただなにもしないだけで。

なにもしないでじっとしていなさい。

それは私の人生に対する、いちばんシンプルなアドバイスだ。

自分の部屋でじっとしていなさい――このところふたたび脚光を浴びている哲学者も、私の耳元でこうささやいているではないか（フランスではコロナ禍の自粛生活でパスカルのこの教えが注目された）。

翌日、私は熱に浮かされたようにさまざまな法律を調べ、仮契約、当事者双方の義務、契約解除の条件などに関するスペシャリストになった。そして公証人（友人だった）や不動産業者、さらにはすでに二週間前に訪れていた銀行から情報を集め、紙の上で改めて計算した。こうして考えられる道を、というか行き止まりの道をひとつ残らず検討した結果、予定通りモンテシュイのアパルトマンを購入してすぐに売却することにした。それほど難しくはないはずだった。需要は高く、私のまわりにもこの種の落ち着いたアパルトマンを探している知り合いが何人かいたからだ。それは私たちの世代が求める新しい理想の住まいであり、子持ちの若いカップルにとって共用菜園がついている庭やブランコやウサギや、共用日陰棚《パーゴラ》でみなで楽しむアペリティフは夢だから供給を上まわる需要があり、こちらがパチンと指を鳴らせばたちまち買い手が見つかるに違いない。なんなら自分で広告を出して、こんな文言をしたためればいい——緑豊かな屋外でバーベキュー、野菜づくり、住人同士の交流が楽しめる希少物件。

あとはただクロードに相談し、彼の意見を聞くだけだった。当然のことながら、彼は私を思いとどまらせようとした。まっとうな頭の持ち主なら、みながみな、同じようにしただろう。私は食いさがり、啖呵を切った。〝全部こっちでなんとかする〟。さらに言った。〝あなたはなんにもしなくていい〟。そしてこう付け加えた。〝大丈夫、うまくいくって〟

その言葉の含意は、だって、私はあきれるくらい頭がまわるでしょ、だった。

その含意の含意は、だから、私がまたあなたをびっくりさせてあげる、だった。

私は次々に約束を取りつけ、不動産業者を通さずにモンテシュイのアパルトマンを人に見せた。恐れていたのはこの質問だ。なぜここを売るんです？　私はここに書くのもはばかられるような愚かしい嘘をついた。そう、こうした自分自身との取引は下劣で、決してほめられたものではない。このことについては心理カウンセリングのクリニックでも明かせなかった。なぜここを売るんです？

私はアパルトマンを人に見せ、そのあと息子を学校に迎えに行った。私はいたってふつうに見えた。実際、調子は上々で、私はすべてをゲームと捉えていた。ジェットコースターはすでに動き出していた。アパルトマンを人に見せてまわるのは楽しい、とさえ思った。もしも必要に迫られたら、これなら仕事にできるかも、とも。新作の小説に取りかかっていたけれど、頭のほうはお留守だった。小説のタイトルは『かくれんぼ』。『親指小僧』を現代風にアレンジしたこの作品はそのまま放置されることになった。小説を書くには物語に取り憑かれなければならないのに、私はほかのことに取り憑かれ、それが私のすべてを支配していた。

幸い、先述したように私は外で働いていたから、週に数時間だけは危なっかしくない人生を送ることができた。人生の裏面で私は車を運転して出勤し、環状線を走り、会議に出席し、物事を決め、会話を交わし、電話をかけ、本を読むという枠に収まった現実的な暮らしを送っていた。私は自分にこう言い聞かせつづけた。大丈夫、あなたは狂ってなんかいない。

そして表面《おもてめん》では嘘をつき、三週間前に購入したアパルトマンを、遺産を手にしたばかりだというカップル（たぶん彼らも嘘をついていたのだろう）、つまり子どもをつくろうとしていたあのふたりに売却した。そしてそのことを鼻高々でクロードに伝えた。

自慢せずにはいられなかった。ずしりとのしかかっていた重圧からようやく解放され、心底ほっとした。やっと心が軽くなった、それはもう、びっくりするくらい軽く！　ひたすら踊りたい気持ちだったのを憶えている。嬉しい、嬉しい。嬉しさしか感じなかった。

頼みこんで回答を待ってもらっていたマダム・メルシエに、これでようやく電話をかけられる。

電話をかけてはいけない。

速度を増していった制御不能の状況はこれで終わり、すべてがまた落ち着くはずだ、と思った。すべてが完璧にこちらのもくろみどおりに進んでいるのだから。

カニュを売却するのはもっと楽だった。なにしろそれは流行りの街区にあった。もっとも冬の終わりで、室内には一三時から一四時のあいだしか陽が射さなかったのだけれど、それでも陽射しは石の壁と、十年前に私たちが絶対いい感じになるはずだと信じて磨きまくった寄せ木の床の魅力をそっと引き立ててくれた。サン＝テティエンヌ出身で、男性が消防士をしているという若いカップル（またもや）がここを気に入り、自分たちの好みに合わせて全面的にリフォームすることになった。どうやら吊り天井の伝統も復活させる気らしかった。梁が燃えるような事態を避けるために。こだわりは人それぞれだ。

今度はメルシエ一族の物件についてふたたび仮契約を結び、銀行ローンを組む必要に迫られた。それらがすめばようやく落ち着くことになる。そして例のあの日、クロードは住宅ローン保険の保障割合をめぐって冗談を飛ばした。つまり、どちらかが死んだ場合にそなえて私たちのあいだで按分する割合をめぐって。

クロードと私は協同組合銀行《クレディ・ミュチュエル》のオフィスで、それぞれバイクのヘルメットを膝に載せて座っていた。50対50にする？　それとも40対60？　それはまるでどちらがより価値のある人間か値踏みをしているかのようだった。より頼りになり、支払い能力があり、将来が有望なのはどちらなのか。私は団体のパートタイム職員で、小説を書きはじめたばかりだった。いっぽうクロードは、リヨン市立図書館に併設されているCDやレコードを貸し出す音楽ライブラリーの運営にあたり、〈ル・モンド〉紙（大概はローヌ＝アルプ地方版）に定期的に音楽記事を寄稿していた。私たちは銀行のオフィスで力比べをして笑い合ったのだけれど、それはろくに文言を読みもしないで契約書の一枚一枚に略式の署名をおこなうあいだ強いられていた緊張を解きほぐすためのものだった。銀行の担当者を前にしたこのふざけたふるまいは、大人になりきれていない者の反抗心から出た純粋な反射行動で、家を買うことの責任、つまり心の底では見くだしているこの大きな夢に伴う責任を軽く見ていることを示す未熟な態度だった。確かに家を買うなんて、私たちらしくなかった。それなのに私たちは、人生のこの新たなステージへまっしぐらに突き進んでいた。

私はみずからの意思で、そうとは知らずに事故の段取りを着々と整えていた。

4　もしも私たちが鍵を先に欲しいと頼まなければ

あの家の鍵は六月二一日の月曜日、つまり売渡証書の署名日にメルシエ一族から手渡されることになっていた。けれどもそれまで待てなかった私たちは、その数日前の六月一八日金曜日にもらえないかと頼みこんだ。そうすれば週末を利用してガレージの一角を片づけたり、ダンボール箱をいくつか運びこんだりして引っ越しを始めることができるからだ。先述したように、公証人は友人だった。というか、クロードが働いているリヨン市の音楽ライブラリーの同僚のギィの友人だった。私たちが何度も頭を下げた結果、公証人はこの逸脱行為に目をつぶってくれた。法律家として四角四面にふるまわず、私たちに感じよくするために。彼はよいことをしたと思っていたし、リスクはひとつもなかった。鍵を先にもらうのはよくあることだった。となればあとは住宅保険に加入するのみで、私たちは大急ぎで手続きをすませた。そして冬物の衣類、本、CD、おもちゃなどが入った最初のダンボール箱を運びはじめた。時間を有効に使いたかった。それに住んでいたアパルトマンと新しい家はほんの数百メートルしか離れていなかったから、うちのプジョー106でいつでも好きなときに荷物を運び出すことができた。

学生時代のように袋やダンボール箱を車に詰めこむのは愉快で若返った気がしたし、さまざまな物を選り分けたり、束ねたりして新しい人生を始動させるのが嬉しかった。何カ月ものあいだぐずぐずと逡巡しつづけたせいで、とにかく行動を起こす必要があった。じっとおとなしくしているのは到底無理で、あの場所にすぐにでも移り住みたくてたまらなかった。ふたりとも熱に浮かされたようになり、行為のひとつひとつがそわそわとした幸せな興奮に彩られた。それは私が実家を出てクロードとリヨンの中心部に引っ越した日に感じたのと同じ高揚で、活力のみなぎる身体の隅々にまで刻みこまれる独特の感覚だった。あそこは私たちのイマジネーションを現実にしてくれる家で、予算の問題のほかに足枷はひとつもない、そう私は感じていた。

頭のなかにはすでに、植物を植えるために土を耕したり、息子がこのところ夢中になっている食虫植物を彼自身の手で世話させるための小さな植物園をつくろうとしたりしている自分の姿が浮かんでいた。苗を育てるために小さな温室を設けている姿も。家に取りつけるベランダその他のいろいろな構造物についても考えた。問題は考えることではなくむしろその逆で、考えがどんどん広がっていくのを止められないことだった。頭をまるごと支配し、未来をあれこれ先取りし、新たに手に入れた場所を一平方メートルずつ探求していくことをやめない空想力には驚くばかりだ。

まるでプレゼントをもらうように鍵を受け取ったあの金曜日のことは鮮明に憶えている。練り土の壁の表面で揺らめいていた六月の陽射し、手にぎゅっと力をこめて開け閉めしなければならなかった大きな木製の玄関ドアと年代物の戸枠、錆びた鍵穴のなかでうまくまわらなかったずしりと重い鍵のことも。熱で白んだ中庭に反射していた陽光のきらめきも、ここに蔓性の植物を植えて地中海風のパティオにし、憩いの場を演出しようと考えたことも。自分たちでつくり出さなければならないこの庭を通って屋内に入るのだと思うと胸がときめいた。片隅に自転車置き場を設けようとも考えた。それというのも、このよりよき世界にいる私は、買い物に行くのに自転車に乗っているのだから。目指している自分より〝もっとクール〟で、非の打ちどころのない都会人として。当時はまだ〝ボボ〟（エコやヨガに関心を寄せ、左派の思想を持つ都会の文化的ブルジョワ）という言葉は存在しなかった。

日曜日の朝、ラ・フェシーヌの蚤の市に行き、四脚の椅子とセットになった錬鉄製の屋外用テーブルを見つけた。くたびれてはいたけれど状態はよく、磨いてペンキを塗り直せばじゅうぶん使えそうだった。この田舎風の愛らしいガーデンファニチャーは、私が思い描いていた私たち家族の未来の暮らしをそのまま映し出すステレオタイプの小物で、アイディアの仕入れ先はおそらく、映画や当時私が熱心にページをめくっていたインテリア雑誌だろう。それらの雑誌は本棚に、私の手の届く場所に、私の背後、私が執筆をしているこの家の小さな部屋にまだあるのだけれど、その部屋もじきにすっかり取り壊されることになる。

クロードと私はマリーとマルクを招き、庭で一杯やることにした。私たちはあまり座り心地のよくない錬鉄の椅子に腰を下ろし、持参したビールをピクニック気分で飲んだ。ちょうど桜が実をつける時期で、私たちはサクランボが鈴なりになっている桜の木の下に陣取った。たくさんの実がすでに地面の砂利に落ちて潰れ、靴底に張りついた。私は木登りに興じる男児たちに、気をつけるのよ、と大きな声で注意した。こんなに美しい日曜日を台無しにされてはたまらないとばかりに。

とはいえ。

事前に鍵が欲しいと頼むべきではなかったのだ。

このほんのささやかな先取りが物事を大きく変えてしまった。

そのことを、私はあとあと理解した。

鍵を受け取ってはならない。

5　もしも私が母に電話をかけなければ

家族というものは不思議な形で機能する。それぞれが直面している問題や状況がほかのメンバーたちの目にさらされることがあるからだ。もっともこの場合は、目にさらされるというより、耳に入ると言うべきだろう。それも当人たちのあずかり知らないところで。私の母は、私と同じ町に住む弟がバイクの置き場所を失って困っているのを知っていた。これはあとでわかったことだけれど、借りていたガレージの所有者から、ペンキを塗り直すので一時的に立ち退くよう要請されたのだ。明け渡し期間は六月一八日の金曜日、ちょうど私たちが鍵を受け取ったあの日から一週間。そしてそれはなにより、弟がヴァカンスに出る前の日だった。私はどうして母に、自分たちが鍵を持っていることを、すでに鍵をもらっていることを、ついに鍵を手にしたことを告げたのだろう。それを知らせるのはそんなに急を要することだったのか？

どうして母に、あの家にはガレージがあるの、と伝えたのだろう。リビングに改装しようと考えていたガレージと、ガレージのスペースを確保できそうな庭があるのだ、と。

それにしても娘というものはなぜ、母親に状況をリアルタイムで報告しようとするのだろう？とくに私たち母娘には頻繁に電話をかけ合う習慣はなかったのに。つまりそれはおそらく二週間に一度程度で、当時まだ携帯電話などなきに等しかったから（その存在は知っていたけれど、クロードも私も購入しておらず、身近な友人のなかで持っていたのはクラリスだけで、既婚者と付き合っていた彼女はうちに遊びに来るたびに、いわくありげな顔でカバンから大きな携帯電話を取り出して電波が入る場所を探していた）、私たちがいま、そのときどきの立場や気持ちを伝えるために使っているショートメッセージを送るのは無理だった。

鍵を手に入れたことを伝えようと母に電話をしても留守番電話になっていた可能性もあり、その場合には当然、私はメッセージを残さなかったはずだ。それにより、そのあとに起こる出来事をまるごと回避できただろう。〝母に電話をかける〟と私が言うとき、それは〝両親に電話をかける〟という意味なのだけれど、〝母に〟と言い間違えてしまうのは実に意味深長だ。とはいえ父は耳が悪く、加えてほかのいろいろな理由があったのだろう、電話に出ることはなかった。さらに両親はめったに外出をせず、とくに夕方以降は家にいた。というわけで、留守番電話につながる可能性はなかった。可能性ゼロ。それは心強いのと同時に恐ろしいことでもある。いっぽう、母は逆に私と連絡を取るのに苦労していて、よくこう訊かれたものだ。〝いったいいまた、どこをほっつき歩いてるの？〟〝ほっつき歩く《クラテ》〟という動詞はオーヴェルニュ地方に住む母方の親族のあいだで使われている言葉で、ほのめかしをたっぷり含んでいるのと同時に、ひとところにじっとしていられない私の性分を言い表わしていた。

あのときは朗報であった事柄を、つまり事前に鍵を受け取ったことを娘が母に伝えたのは、ほかにおもしろい話がまるでなかったからに違いない。〝お母さん、あたし、鍵もらっちゃった！〟と娘は興奮しきりで伝えた。幼児が、〝ねえ、ママ、見て見て、おまるにじょうずにおしっこできたよ〟と報告するように。お母さん、あたし、鍵持ってるの、あたしだって家を買うことができた、人から教わったとおりにうまくできた、セックス・ピストルズを聴いてるからって、親とおんなじことができないわけじゃないんだから……。

いったいいくつになったら、人は母親のまなざしなしでもやっていけるようになるのだろう？

あれは公証人が私たちを友人扱いして便宜を図ってくれたことを強調するためだったのか？話のついでに公証人が友人であることをほのめかして、母親に、この子は凄い、と思わせたかったのか？　当時はまだこの言葉はなかったが、私はいわゆる〝社会的階層移動〟と呼ばれるものをすでに始動させていて、それに伴うノイローゼに苦しみ、そしてご想像のとおり、その苦しみをほかの人たちにも味わわせていた。公証人は実際には先の章で述べたように友人の友人で、知り合ってまだ日が浅かった。そして会話のなかでは、手っ取り早く友人の友人を、さらには顔をちょっと知っているくらいの間柄の人を友人に格上げするのはよくある話だ。それが世の習いではないか。私たちは簡略化を好む。いちいち細部にこだわっていたら身が持たない。

つまりはこういうことだ――母親というものはどうして情報を頭にしっかりインプットし、それをすぐさま息子に伝えたりするのだろう？　ブリジットはガレージのある家の鍵を持っている。ダヴィッドはバイクの置き場所に困っている。ここは私の出番だわ、私が仕切らなくっちゃ、息子と娘のあいだを取り持たなくっちゃ、これで家族の役に立てる、なんてすてきなの……。どうもありがとう、お母さん。当然のことだ、私だって同じふるまいに出ただろう。つまり家族のメンバー間の助け合いを促すべく、おせっかいを発揮したはずだ。いわば連結器として。家族とはそもそもそういうものだから。母親の役割とは人生に公正をもたらすことであり、ブリジットがダヴィッドよりマッシュポテトをたくさんもらうことのないよう目を光らせることだ。年長のブリジットが自分のものを弟に貸すよう仕向けることだ。レゴを貸してあげなさい、知り合いを紹介してあげなさい、ガレージを使わせてあげなさい。みんながそれで満足する。そして感謝する。これは連帯の行為であり、余計なお世話なんかじゃない。家族のなかに境界線はないし、所有権もない。親きょうだいのためには、そしてときには親族のためには、ひと肌脱ぐのが当然だ。

かくして情報は伝わった。

6　もしも弟が急遽一週間のヴァカンスを取らなければ

一九九九年に弟がどこで働いていたのか、記憶はもう定かではない。たぶんすでに、ローヌ県が保有する車両の保守を担当する整備工として働きはじめていたのではなかったか。けれどもそれはどうでもいいことで、肝心なのは弟が、八月の本格的なヴァカンスシーズンを控えた六月に、急遽一週間の休暇を取れるような職場にいたということだ。当時すでに超過分休暇制度が存在していたかどうかはわからない。確認するべきなのかもしれないが、そんなことをしても意味はない。ひょっとしたら業務上の理由で、たまっている有給休暇ないしは残業分の振替休暇を消化するよう、上司に命じられたのかもしれない。組織の上層部に残業代を支払う気はさらさらなく、休みを取らせることで帳尻を合わせようとしたのだろう。

そんな折、弟の友人のひとりがニースにあるワンルームを貸してくれた。事情は知らないけれど、予約客がキャンセルして急に空きが出たのかもしれない。コート・ダジュールに部屋を借りられるとなれば、拒めるわけがない。リヨン都市圏の排ガスを吸い、県が保有する回転警告灯の在庫を管理しながら十一ヵ月を耐え忍んできたばかりならなおさらだ。当然ながら、光あふれるニースの〈天使の湾〉は、フランスの警察車両として使われているルノーマスターのオイル交換がおこなわれている穴倉の奥とは天と地ほども違っている。弟は上司、同僚、妻、娘が通う幼稚園などとかけ合って休暇の算段をつけた。残る唯一の問題がガレージで、それを心ならずもこの私が解決することになる。弟は土曜日、つまり六月一九日の朝に出発する予定で、クロードと私は家の鍵を受け取ったばかりだった。まるで図ったかのようなタイミング。それならホンダのバイクはうちに持っておいでよ、あそこに置けばいい、そうすれば誰にも盗まれやしない……。

7　もしも私が、うちの息子をヴァカンスに連れていくという弟の誘いを受け入れていたら

弟は確かにあの家のガレージに自分のバイクを置いたけれど、そのいっぽうで、そうとは知らずに私たちに悲劇を回避するチャンスを与えてくれていた。なんとしてでもつかみ取らなければならなかったジョーカーを。

弟は気前がよく、人と人との結びつきを大切にする性質《たち》だったので、太陽のもとで過ごせる思いがけない一週間のヴァカンスにうちの息子を連れていくことを思いついた。あのときの電話での会話は憶えている。あのときウィと返事するだけで、事故は起こらなかったのだ。小学一年生の最後の一週間から息子を解放するのと同時に、学年度末に予定されている学校のパーティーや楽しい行事に参加する機会を息子から奪うことになるこの誘いに喜び勇んで飛びつきさえすればよかったのだ。そうする代わりに私は、考えてみる、クロードと相談する、すぐにかけ直す、と答えた。

考えてはいけない、ウィと言え。

小さな声が私に、息子が従妹や叔父さんと一緒に一週間を過ごすのは大事なことだ、学校よりずっと大事なことだ、これは例の親族の絆とやらを深める願ってもない機会だ、とささやかなければならなかったのだ。不安にとらわれずに、もっとふつうにシンプルに考えなければならなかったのだ。この件についてこれまで周囲に意見を聞いたことはない。でもせっかくの機会だから、ここでこう問うてみたい――いったい誰がろくに泳げない八歳のわが子を、どんな具合に子どもに目を光らせるのかよくわからない大人ふたりに、つまりあまり付き合いのない大人ふたりに託して、海のそばでまるまる一週間を過ごす休暇に出すだろう。しかもどうやら（母いわく）滞在先では自由にモーターボートを使うことができ、宿泊するワンルームとビーチのあいだには横切らなければならない幹線道路が延びているらしいのだ。

クロードと私はぐずぐず迷って決められないことをばからしいと思い、申し出を断ることに気まずさを感じていた。こんなにありがたい話を拒むなんて、自分たちはいったいなにさまのつもりなのか。興ざめで、疑り深くて、誰のことも信頼できない猜疑心の塊のような人間なのか。私たちは八月に二週間の予定で開催される、息子にとっては初めてとなるサマーキャンプの申込みをすませていた。なぜなら私たちの夏の大半が、おそらく家の改修工事に費やされるだろうから。そしてクロードも私も、息子と離れて過ごすのはこの二週間だけでじゅうぶんすぎる気がしていた。

私は弟に電話をかけ直し、事実を捻じ曲げた。学年度末のテストがあって、それを受けないとちょっとまずいのよ、と言ったのだけれど、それは真実ではなかった。学校のパーティーで披露するダンスで大役を任されてるの、とも伝えたのだけれど、私の良心にとって幸いなことに、それは真実だった。私は、弟が落胆するのと同時にこちらの言葉を額面どおりに受け止めていないのを感じ取った。〝そうか、そいつは凄く残念だな。ソフィーもがっかりするはずだ〟。ソフィーは従兄を崇拝していた。祖父母の家の門のよじのぼり方を、庭の小屋でこっそり夜を過ごす方法を、指を嚙まれずに馬に餌を与えるやり方を教えてくれたこの従兄を。

確かに凄く残念だった。けれども私は不安から解放され、息子を危険にさらすこともなかった。私たちは誰をも傷つけずに体《てい》よく断ることができた。

そしてこれもまた、誤った選択だった。

8　もしも弟がガレージの問題に直面しなければ

私がまるで理解できないのが、弟が自宅の近所に借りていたこのガレージの話だ。というか、又借りしていた、と言うべきかもしれない。弟は通っていたボディービルディングクラブの女友だちから、いや、あるいは警察の同僚だったのかもしれないけれど、とにかくその女性からバイクを、たとえ大型のものであれそれなりに人目につかずに駐めることのできる共同ガレージの一区画をシェアしないかと持ちかけられた。ガレージは弟の自宅の近くにあり、これはお得な話だった。弟はいつもお得な買い物をしていた。食洗機も防犯装置もライトバンのマフラーも。

すべてが順調と言えた。六月一八日の金曜日から翌週二五日の金曜日まで、バイクを別の場所に駐めなければならないささやかな不都合を除けば。この不都合は弟にとってすぐに憂慮の種、次いで厄介きわまりない頭痛の種になった。彼は友人、同僚、娘が通っている幼稚園の親たち、そしてそのあと警察車両の責任者、つまり彼の上司に相談してみたけれど、野宿の危険にさらされているホンダのバイクへの対応策は見つからなかった。クロードと比べればまさに筋金入りのバイク好き（それも根っからの）だった弟にとって、これは恐怖以外のなにものでもなかった。もっともクロードにしても、自分のスズキのサベージLS650を夜間、外に置きっぱなしにはしなかっただろうけれど。

弟は内務省の広大な車庫を管理している警察官に袖の下を握らせることまで考えた。片隅にバイクを一台こっそり駐めさせてもらったところで、業務に支障をきたすはずもない。けれども世のつねで、一度例外を認めれば、そのあとにやってくるのは無秩序だ。そして秩序をなくしてしまったら、それはもはや警察ではない。

おそらく弟は、レーシングカートクラブの友人にもう一度電話をするか、妻の弟に改めてかけ合うかするところだったのかもしれない。あるいは住んでいるアパルトマンの管理人に二百フラン紙幣（ユーロは導入済みだったが、貨幣にはまだフランが使用されていた）をそっと手渡して、地下室を使えるよう便宜を図ってもらうつもりだったのかもしれない。あるいはワインを一ケース贈ろうと考えていたあの友人の友人だかに会いに行くだけでよかったのかもしれない。たぶん苦肉の策をすでに見つけていて、なんとかヴァカンスに出られる手筈が整っていたのかもしれない。けれどもそこに母から電話があった。貴重な情報を仕入れていた母から。ブリジットはね、もうすでに鍵を持ってるの、事前に受け取ったんだって、ちょうどきょうの午後に、それというのも公証人がね、ちょっとばかり特別扱いしてくれたからなんだけど、そう、特別扱い、どういうことかわかるでしょ、まあ、これはここだけの話にしておいてほしいんだけど……。なんとも信じられないような偶然だ。人生はたまに、こんなたぐいのプレゼントを用意してくれることがある。

9　もしも私がパリの出版社に赴く日を変更していなければ

私の二作目の小説は新刊書がこぞって書店に並ぶ秋の〝文学シーズン〟に合わせて、具体的には八月末に刊行される予定だった。タイトルは『ニコ』。私は出版社の広報担当の女性から、メディア向けの事前の宣伝活動、つまり夏のあいだに私の新作を読んでくれそうなジャーナリストたちに送付する大量の本にサインを入れる作業をしに来るよう言われた。彼女は当初、六月一八日の金曜日を打診してきた。けれどもそれは鍵を受け取る日で、私は先述した引っ越しの準備をする機会を逃したくなかった。それに暖房設備業者との打ち合わせも入っていて、私もそれに立ち会いたかった。そこで私はサイン入れの作業を翌週、たとえば六月二二日火曜日に延ばせないかどうか尋ねてみた。広報担当者が立てたスケジュールをこんなふうに台無しにするのはあるまじきことだったから、私はすっかり恐縮していたのだけれど、彼女は感じがよくてとても協力的だった。本当はあのとき、私の要求を突っぱねるべきだったのに。ああ、親愛なるエマニュエル。あなたはこう言うべきだったのだ。決めるのはこっちよ。

六月一八日か、そうでなければこの話はなしってことで。いつでもいいってわけじゃないんだから。

しかもすでに鉄道の切符も購入済みだった。けれどもそれは悲しいことに変更可能な切符で、クロワ＝ルース地区にあるフランス国鉄の窓口まで足を運んで列に並びさえすればよかった。この変更可能な切符というものを、私は心底呪っている。変更など認めてはならなかったのだ。私は心底呪っている。こちらの要望にやすやすと応じてくれたこの世の中を、自分が悪用したこの融通のきく自由を。

当初の予定どおり私が六月一八日にパリに赴いていたら、私はその日の夜、ちょうど弟が自分のバイクを私たちの家のガレージに駐めに来たころリヨンに帰り着いていただろう。そして新しい家で弟とちょっとだけ顔を合わせる。それでおしまい。悲劇は起こらなかった。

というわけでこの変更のきく切符のおかげで、もう一度フランス国鉄の窓口で辛抱強く待つだけで事足りた。整理券を手に二十分ほど待たされたのだけれど、上機嫌だったから、私からすれば身のこなしがやけにゆっくりで、その驚くほどのマイペースぶりが謎めいても見えていた係員を前にじっと座っていることもそれほど苦ではなかった。それはセルフサービスの端末が導入される前のこと、私たちをカスタマーサービスオペレーター、タイピスト、秘書、会計係にしてしまうことになる電子化の波が到来する前のことだった。私はパリまで遠出することや、エレーヌの家に泊まらせてもらうことに胸が弾んでいたのだと思う。さらに、完成した自分の本をもうじき手にすることにも。気がかりはひとつもなかった。

パリに暮らす人にはわからないだろうけれど、地方在住者にとっては鉄道のなんの変哲もない切符を買い、パリで泊まるあてを見つけるだけでもちょっとした芸当だ。友人宅に世話になるにはまずパリに友だちがいることが前提で、しかもその人が郊外のサルトルーヴィルではなくバスティーユに住んでいるのが望ましく、加えて子だくさんではいけない。私はまだ著作が一冊しかなかったから、いわば業界の友人というのはおらず、というか、とにかく自宅に泊めてくれることを期待できるほどの間柄の人はいなかった。著作を重ねたあとはそうした人たちにも恵まれたのだけれど、リビングのソファで眠ることや、なんと言っても夜とはあまりに違う朝の寝起きの顔をさらさなければならないことやシャワーを使わせてもらうことに私はいつも大変な気詰まりを覚えた。そうした友人たちの、つまりあれらパリの友人たちの私生活に立ち入ることにも。パリに行くとき以外、彼らは残念ながら私にとっては目につかない存在で、この先私のリヨンの友人たちと顔を合わせる機会もないだろう（葬儀の日は別にして）。

出版社側はホテルに部屋を取ることを提案してくれた。ありがたい話だと思った。自宅のあるリヨンを出て一〇時ごろに版元であるストック社に着くためには、明け方に起きなければならないからだ。こちらから日程の変更を願い出た以上、作業を午後にまわしてくれと頼むわけにはいかなかった。だからここは相手に合わせるべきだと考えた。けれどもすでに列車の切符代を支払ってもらっていたので、追加の経費を発生させることになるホテルの部屋は辞退した。以前から私は、地方在住の作家を金食い虫に変えてしまうこうした特別な配慮を受けることに抵抗を覚えていた。なにしろ〝田舎者〟のレッテルを貼られるだけですでにじゅうぶんややこしいのだ。いまは状況が変わっているけれど、当時、作家というものはパリに住んでいて、市場《マルシェ》に行くついでにふらりと出版社に立ち寄るものと相場が決まっていた。それに対して私は、列車の時刻をつねに気にしなければならない立場にあった。話題が尽きるとよく、帰りの列車は大丈夫ですか、と尋ねられ、それが話の種になっていた。急遽アペリティフを楽しむことになっても、パリのリヨン駅を出る最終列車の発車時刻が一九時五八分だったので参加できたためしがなかった。乗り遅れないように、駅の発着案内板の下を何度大急ぎで駆け抜けたことか。

私はまだ経験が浅く、しかも生真面目な性質《たち》だったので、このサイン入れの作業を重大きわまりない任務として受け止め、前日に出発したほうがいいと判断した。そうすれば朝五時に起きずにすむし、早起きを強いられたときに必然的に発生する一睡もできなかったという事態も避けられるし、地元の友人で、少し前からパリ二〇区の書店で働いているエレーヌと会うこともできる。彼女から遊びに来るよう再三言われていたから、まさに渡りに舟だった。

パリに赴くことは展覧会に足を運ぶ機会でもある。地方に暮らす人は展覧会それ自体を、わざわざパリまで赴く目的として捉えているのだ。というのも田舎に住む自分たちは、クリムト、べーコン、ボルタンスキーといった有名芸術家の作品に触れる機会を奪われ、そのいっぽうでパリの人たちは日々、ウォーカー・エヴァンスの写真やカルティエ財団のインスタレーションを鑑賞しながら通りをそぞろ歩いていると考えているからだ。地方から見れば、パリは展覧会や伝説のコンサートを意味し、これは田舎者のコンプレックスをなす一要素だ。なぜなら田舎者を定義すると、こんな具合になるだろうから——実際に展覧会などには行ったことがなく、ああ、その話なら聞いたことがあるよと言うだけで満足し、新聞のカルチャー特集付録をぱらぱらめくるだけの人間。

田舎者はたとえば、一九七九年にコンサートホール〈バン・ドゥーシュ〉でおこなわれたジョイ・ディヴィジョンのライブの話を耳にしたことはあるものの演奏を生で聴くことはついぞなく、とはいえ〈リベラシオン〉紙に掲載されたこのライブに関するミシュカ・アサイヤスの秀逸な記事を読むことになる。そしてこの記事はクロードに狂おしいほどの羨望を呼び覚まし、ロックについて書きたいという強い思いを掻き立てた。展覧会やコンサート、〈バタクラン〉、〈ラ・マロキヌリ〉、〈エリゼ・モンマルトル〉、〈ル・ジビュス〉、〈ル・トラバンド〉、〈オランピア〉、そして〈ル・パラス〉といった伝説のライブハウスやホール。パリはそれらと同義であり、私たち田舎者にとってはパリこそが本物に出会える場所だった。

というわけで私は、六月二一日の夜にエレーヌの家に泊まり、翌日にサイン入れの作業をおこない、もしも時間に余裕があれば芸術橋《ポン・デ・ザール》に展示されているウスマン・ソウの彫刻作品を観に行くつもりだった。そしてその日、つまり六月二二日火曜日はあまり遅くならないように、一八時五八分発の列車に乗る。そうすれば二一時ごろにはリヨンに着ける。

首尾よく段取りを整えた。

そう私は思っていた。

10　もしも六月二一日の晩、エレーヌの新しい恋の話を聞く代わりに予定どおりクロードに電話をかけていたら

六月二一日月曜日の昼下がり、公証人のところで売買契約に署名をしたあと私はクロードと別れた。

そして予定どおりバスで駅まで出て列車に乗り、予定どおり夜はエレーヌの自宅にお邪魔した。リヨンで過ごした週末は家の修繕作業に勤しんだのだけれど、スーパー〈モノプリ〉に買い物に行く時間はあり、そこで息子の同級生の母親と出くわした。友人でもある彼女は、六月二二日の火曜日、学校が終わったあと自分の息子の八歳の誕生パーティーをするのでうちの息子もどうかと誘ってくれた。放課後の夕方四時半以降に子どもたちが互いの家を行き来するのはよくあることだった。そしてそれもまた、私がこの界隈を離れがたく思っている理由のひとつであり、気楽に家に招いたり招かれたりし、困ったときには助け合う友人関係をありがたいと思っていた。さまざまな面でここでの暮らしは楽だった。

だからクロードは、学校に息子を迎えに行く必要はなかったのだ。

私はそのことを彼に伝えるのをすっかり忘れていた。

そしてこれもまた、絶対に引かなければならないジョーカーだった。


私は忘れていた。

けれども挽回するつもりだった。

ポンピドゥー・センターの近くにあるエレーヌの自宅で交わされる、この久かたぶりに会う女友だちとの会話を中断させるつもりだった。ゆったりと腰を落ち着け、夜が更けたらそこで眠ることになっていたソファから立ちあがり、電話を借りていいかと尋ねるつもりだった。二一時半になるのを待って。というのも当時、憶えているだろうけれど、電話代は高く、しかもそれは地域と時間帯に応じて変わるものだったから。さらに電話をめぐっては、日常をときに愚かしいものに変えてしまう作法もあった。誰かがかけてくるのを、役所がかけ直してくるのを、愛する人がふたたびかけてくるのを電話機のそばでじっと待ち受ける、といったたぐいの。

私たちのあいだで始められた会話がいったいどこへ向かって流れていったのか、もうはっきりとはわからないのだけれど、たぶんエレーヌが書店での新しい仕事か、あるいは少し前に知り合い、彼女に苦悩の夜とときめきをもたらした女性について語っていたように思う。そうでなければ、彼女が好きだったオリヴィエ・カディオ（仏人作家、詩人、劇作家、翻訳家）のテクストか、部屋で流しはじめたキャット・パワーの最新アルバムについてふたりで話したのかもしれない。そう、たぶん、アルバム『ムーン・ピックス』を聴いていた気がする。そして私たちが、つまりクロードと私が購入した新しい家について、これから取りかかろうとしている作業について、二階に寝室を三つしつらえようと考えているあの家について話したのではなかったか。寝室のひとつはゲストルームにするから、いつでも都合のいいときに泊まりに来てね、といったようなことを。

さあ、立ちあがって電話をかけなさい。
まだ間に合う。そうすれば、あれが起こるのを回避できる。

私たちはエレーヌが温め直してくれたパイに舌鼓を打ち、マルティーニを、たぶんマルティーニの赤をちびちび飲んだ。飲んで、しゃべった。二一時半が過ぎ、窓の下では毎年夏至の日に開催される〈音楽の祭典《フェット・ド・ラ・ミュージック》〉が盛りあがりを見せていた。キッチンの隅に時計がかかっていたから、時間の流れを追うことはできた。私は自分に言い聞かせていた。電話をするにはまだ早い、クロードは息子を寝かしつけているところだ、子守から解放された直後に邪魔をするのもまずい、彼はひとりきりの時間を少しばかり味わいたいはずだ、職場から持ち帰ってきた新しいCDの一枚をかけて低音のボリュームをあげ、窓辺でラッキーストライクを一本吸いたいはずだ……。騒音について隣人による苦情申し立ての権利が法律で認められるのは二二時以降だから、それまでは音量をあげることができたし、しかも隣人から苦情を言われたことは一度もなく、むしろ彼らのほうが私たちを悩ませていた。弱音装置のないピアノで弾く例のサティの「ジムノペディ」で。

そしてとくには、度重なる夫婦喧嘩で。それは女性の嗚咽で終わるのがつねで、先述したようにわが家は吊り天井を取り払っていたから防音面が手薄で、彼女のむせび泣く声は上階から容赦なく響いてきた。

電話をかけようとする私をなにかが押しとどめていた。私はずるずる先延ばしにした。本棚の下段に置かれた電話機のほうに目を向けてはいたけれど、エレーヌが彼女の人生のプライベートな事柄について、パリでの新しい生活について、高鳴る恋心について胸の内を吐露するのを断ち切ってソファから立ちあがり、クロードに連絡したいから電話を貸してくれ、とは言い出せなかった。私はエレーヌがもしかしたら、「数時間かそこらパートナーの男性と離れていただけで相手に電話をする必要に駆られるような女性は時代錯誤だ」と考えるのではないかと恐れていた。さらには私のことを「相手を束縛する過干渉な女だ」とさえ見なすのではないかと。私はおそらく彼女に、一般に考えられている異性愛カップル——いま風に言えば〝異性愛規範〟の人たち——の典型だと見なされることや、私がパートナーである男性と、一応エレーヌ自身も知り合いで、いい人だと認めている男性と離れてひとりでいることに自由を感じられない女性だと思われることを危惧したのだと思う。それともうひとつ、これは数ある恐れのひとつというより心をよぎった漠然とした感覚なのだけれど、エレーヌが「ブリジットは子どもがいるから電話をしなければならないと感じている」と考え、「子どもと離れた母親は無力でつまらない存在である」とする説の例証というか、その確証を得てしまうのではないか、という懸念もあった。

〝異性愛規範〟のカップルと同様、母親についても紋切り型の考えが幅をきかせていて、母親は子どもから遠く離れてしまったら生きていけないとか、子どものこと以外に話題や心配事がまるでないとか言われているけれど、あながち間違いとは言い切れない。最近、『ありふれた母性の狂気』に収められているラカン派精神分析医ドミニク・ギュヨマールのテクストを読んだのだけれど、そのなかで彼女は、人ははたして狂気に駆られることなく母親でいられるだろうか、という寛大な問いを投げかけている。そう、狂気。やっと言えた。私が自分のなかに抱え持っていたかもしれないこの母性の狂気こそ、あとづけで私に説明の取っかかりを与えてくれたものであり、私はあのとき、異性のパートナーも子どももいないエレーヌをこの狂気に巻きこみたくなかったのだ。

とはいえ白状すれば、私はあの夜を刺激的なものにしていたエレーヌの新しい恋の話を遮りたくなかった。私たちは互いに同調し、久しぶりに会ったティーンエイジャーのようにはしゃいでいた。そして立ちあがることが単に億劫だった。このうえなく億劫だった。

それでも私は自分に命じていた。ほら、いまよ、電話をかけなさい。
さあ、いまこそ電話をかけなさい。

一本の電話。私には想像もつかなかった。あの一本の電話に、私たちの人生がかかっていたなんて。

11　もしもあのとき携帯電話があったなら

あのとき携帯電話を所持していたら、こんなメッセージを書き送っていただろう。

そっちはどう？　明日は学校にテオを迎えに行かなくても大丈夫。マキシムの誕生会に招待されてて、マキシムのママに連れてってもらうことになってるから。夜、うちに送り届けてくれるって。一応、彼女の連絡先を伝えておく。じゃあ、おやすみ。

すでに二二時を過ぎていて、あのときこそ、まさにあのときこそ、私はクロードの夜に割りこむことができた。彼は音楽のボリュームを下げ、おそらくビールを飲みながら記事を書いているはずだった。けれども私のほうは、エレーヌの話を遮る気力をますます失っていた。相変わらずプライバシーにかかわる内容で、それを打ち明けられるのは信頼を寄せられているあかしだから、私は自尊心をくすぐられた。私には無理だった。エレーヌが知り合って間もない相手の女性に抱くさまざまな感情を整理しようとしているのに、彼女の言葉を断ち切って、サスペンスフルな彼女の語りを唐突に断ち切ってがばっと立ちあがり、こっちにはあなたの話を聞くことより優先しなきゃならないことがあるの、と伝えるのは無理だった。ごめん、あなたの話、凄くおもしろいんだけど、いまちょっと頭がついていけなくて、ほんとごめん、クロードに電話しないと、伝えなきゃならないことがあるの。

私は気が引けた。パリとリヨンのあいだの電話代は高く、たとえ二一時半を過ぎたあとでも電話を貸してもらうのは、すでに宿を提供してくれた友人にもうひとつ新たな頼み事をすることを意味していたからだ。このくだらない言いわけが、言いわけにもならないのは承知しているけれど。

要するに、あれやこれやのささやかな理由が集まって束になり、それぞれがくっつき合って電話をかけることを阻む壁をつくりはじめていたのだ。

この一週間に起こったあれやこれやのささやかな出来事が、最終的には目の詰まった罠網を編みあげて、獲物を確実に事故へと追いこむことになったのと同じように。

けれども私は、本当の理由を知っている。

その理由ひとつだけで、電話をかけることを妨げるのにじゅうぶんだったかもしれない。

信頼できる語り手であるためには、なにより自分自身に対して信頼できる語り手であるためには、いったいなにをどう書けばいいのだろう？

二一時半から二二時半のあいだに私がソファから立ちあがるのを押しとどめたもの、それは数年前から私のなかに湧きあがっていた特別な感情であり、「父親は家庭で新たな地位を勝ち取らなければならない」という当時の風潮に影響を受けた意識だった。私はクロードが育児にかかわるさい、私がいなくても、私が見ていなくても、私の意見を聞かなくても大丈夫であるよう望んでいた。〝望む〟という動詞はそぐわず、〝期待した〟と言うべきだろう。私はクロードが家庭内で存在感を発揮し、息子と揺るぎない関係を築くよう期待し、実際、彼もそうしていた。母親については、〝独善的〟とか〝支配的〟とかいった言葉を耳にすることが多かったので（先述した〝狂気〟に加え）、私はときどき隅に引っこんでおとなしくしようと努めていた。もっと引っこむべきなのか、引っこみすぎなのか、よくわからないままに。とにかく、場所を譲ろうと心がけていた。

当時、名の通った新聞や雑誌には父親を新しい視点で捉える記事があふれていた。世の父親たちに、当時の言葉で言えば〝新しい父親《ヌーボー・ペール》〟になるよう、すなわち男らしさをあまり誇示せずに、もっと親しみやすく、もっと家族に寄り添う存在になるよう命じる記事だ。前の世代の平均的フランス人男性を表わす常套句を借りれば、〝仕事をしているか、晩にテレビの前でだらけているかのどちらかしかない父親〟、車のなかでむっつり黙ってゴロワーズ（タバコの銘柄）を吸い、食事の支度も後片付けも、洗濯もアイロンがけも妻任せにし、子どもにはそこそこの関心しか払わない父親ではなくて。
一九九〇年代に生計を維持することと家族を守ること以上の役割を求められるようになったこの"新しい父親《ヌーボー・ペール》"は、陣痛をやわらげる呼吸法を習う講座に参加したり、おむつ交換やミルクの飲ませ方を教わったりといった従来とは異なるさまざまな事柄にかかわるよう要求され、それによって多くのカップルの関係性も変わったけれど、それでも女性たちが、ロンパースを妙な具合に着せてしまった夫にあきれて天を仰ぐ、といった事態を防ぎえなかった。けれどもとにかく私たち女性は、家庭内に夫の新しいポジションをつくり出し、家事や育児を夫と分担する必要に迫られた。そしてそれは私たちが期待しているのと同時に恐れていることでもあった。私たちは自分の母親、変化する社会、みずからの神経症的なこだわりとは言わないまでもみずからの信念なるものが押しつけてくる相矛盾する欲求、というか命令の数々に従わなければならなかった。そしてそれらのすべてに応えるのは至難の業だった。

あの晩エレーヌの家で、おそらくそうした事情が私にストップをかけたのだろう。私の頭のなかでこんな言葉が弾けたのを憶えている。男どものことはほうっておきなさい、自分たちだけでうまく乗り切ってもらいましょう。私はフェミニストを気取り、自分は妻や母親である前にひとりの独立した人間なのだ、と主張したかった。心の奥底で拒んでいた。電話なんかしたくない、知りたくない。彼らがなにを食べ、晩になにをしたのか、息子が宿題の詩をちゃんと憶えたのか、何時に寝たのか、明日の朝クロードが息子にどの服を着せるつもりなのか。もちろん、実際には知りたかった、知りたくてたまらなかった。けれども小さな声が、彼らのことはほうっておきなさい、とささやいていた。

彼らのことはほうっておきなさい。あなたがいないと埒が明かないっていうわけじゃないんだから。

進んでいく時計の針は見えていた。クロードは、ＰＪハーヴェイがツアーの皮切りにヴィルールバンヌにあるコンサートホール〈トランスボルドゥール〉で開催予定のライブに関する記事を書いているに違いない。パラグラフをひとつ書き終えるたびに、六月の夜空に大きく開け放たれた窓のそばでタバコをくゆらしていることだろう。〈音楽の祭典《フェット・ド・ラ・ミュージック》〉で奏でられるさまざまな和音が、遠くから通りを満たすようにして響いてきているはずだ。クロードがＰＪハーヴェイの最新アルバム『イズ・ディス・ディザイアー』をプレーヤーにセットし、あの声とあのギターのコードに注意深く耳を澄まし、予定されているインタビューの質問を準備している姿が目に浮かぶ。〈ル・モンド〉紙からはポートレート記事を書くよう、つまり適切なアングルを選びながら、アーティストの人生と音楽を重ね合わせる危険な作業をするよう依頼されていた。適切なアングルを見いだすことはジャーナリストのライトモチーフであり、クロードはもう五、六年ほど前にフリーランスの記者として〈ル・モンド〉紙の編集部に加わったときから、このアングルというものを強く意識してきた。

それでもやっぱり電話をかけなければ、と思い、落ち着かない心地になった。あのふたりをほうっておこうだなんて、結論を急ぎすぎた。けれどもぐずぐずしていたせいですでに二三時近くになっていて、こんなに遅くにこんなにささいな事柄で電話をするのは笑い話になりかけていた。クロードは息子を迎えに行くつもりでいて、たぶんそれを楽しみにしているだろう。私自身、楽しみに思うようになったから。そう、息子を学校に迎えに行くのは負担ではなく喜びだった。まぎれもない喜び。なぜもっと早くに思い至らなかったのか。クロードは息子を迎えに行き、ひょっとしたらマキシムの家まで送っていくことさえするのではないか。私にはわからないいろいろなことをおしゃべりしながら。道々、いたずらしたり、ふざけ合ったりしながら。私は決めた。クロードは大人だ、これで決まり、電話はしない。こっちが口出しすることじゃない。彼らには彼らの人生がある、明日は明日の風が吹く。

12　もしも〝ママの来る時間〟が〝パパの来る時間〟にもなっていなければ

さまざまな責任を担っている父親が、重要な施設（この場合はリヨン市の音楽ライブラリー）の一部門を統括する立場にある父親が、週に二回、学校に息子を迎えに行き、しかもそれをなにより優先させたのはなぜなのか？　二十世紀末の男性にとって、ましてや管理職にある男性にとって、午後四時に仕事をやめ、自分がいなくても支障はないと判断し、職場を抜け出して子どもと過ごすのはよくあることではなかった。そしてそれ以上に、同じことを女性がするのは、つまり荒業《あらわざ》を繰り出して家庭、パートナー、仕事のどれをもないがしろにしないようにしている女性が子どもを迎えに行くのは、みずからの選択の結果ではなかった。けれどもこの問題についてはすでにたっぷり議論されている。結局のところ、切れ切れの時間を掻き集め、それでも時間が足りなくてあくせくし、あれもできない、これもできないと欲求不満を募らせている親たちのそれぞれが自分にできることをしているまでだ。朝から夜の寝かしつけの時間まで、子ども部屋の灯りが消え、やれやれの大きなため息が漏れ出るそのときまで、つねに分刻みの生活を送っていることにストレスを抱えながら。
私が好んで引き合いに出すのは、知り合いの編集者、すなわち当時私の編集者だったジャン＝マルク・ロベールの例だ。彼は息子たちを学校に迎えに行くため一七時にオフィスを出ていた。もっと刺激的な夕べを過ごせたはずなのに。なにしろパリの中心部では夜な夜なレストランのあちこちのテーブルで、懸案のトピックや大きなプロジェクトについて話し合われているのだから。ジャン＝マルクがスケジュールをどんなふうにやりくりしていたかはわからないけれど、彼は〝ママの来る時間〟と残念ながら呼ばれているお迎えの時間に学校の門の前にいた。

クロードもそんなふうに人生をやりくりしていたひとりだった。彼は火曜日と木曜日、なにがあろうと学校の門の前にいた。いつもの堂々とした物腰と優雅さと、そしてあえて言うなら男らしさを失わずに。彼はただ純粋に息子と再会する父親の喜びを味わっていて、それによって人生がより満たされていた。こんなふうな物言いはもしかしたら時代遅れかもしれない。でも、それを言うなら子どもを持つのも時代遅れだ。

それにクロードは忙しいことをやたらアピールする例の男性たちとは違っていて、同時代人の一部がこれみよがしにするように、予定がびっしり詰まっているふりなどしなかった。いや、むしろその逆で、音楽ライブラリーと新聞社の仕事を掛け持ちしていたにもかかわらず、つねに慌てず騒がず融通をきかせてくれた。音楽ライブラリーで十五人のスタッフを率いつつ締め切りまでに記事を書きあげるという、ときに大変なストレスを強いられる状況にいたというのに。私は彼が仕事を言いわけにして誰かに不満をぶつけたり、重要な仕事をしていることを鼻にかけて偉ぶったりするのを目にしたことは一度もないし、誰かに対して、とくに私に対して、威圧的にふるまっていると感じたこともない。私のほうは、いったいなにを、誰を優先したらいいのかわからず、よく愚痴をこぼしていたというのに。いま思えば、クロードは好きなように人生を生きていて、学校に息子を迎えに行くことは、彼にとってはおそらく音楽ライブラリーのほかの部門の責任者たちとの終わりのない会議を設定することより刺激的だったのだろう。そしてそこから彼はきちんと立ちつづけるためのバランスを、彼をロマンチックでひどく魅力的に見せるあの絶妙なバランスを得ていたのだと思う。

ところで父が私たちを、つまり弟と私を学校に迎えに来たことがはたしてあっただろうか。先述のくだりを書かなければ、この問いが頭に浮かぶことはなかっただろう。いや、迎えに来たことはなかったはずだ。母は一九七〇年代の慣習に従って子育てのために仕事を辞めていたし、小学校を卒業するまで母が中心になってほかの女性たちと送り迎えの当番を組み、隣接するもうひとつの優先市街化区域《ZUP》にあった学校群と自宅のある団地を隔てる二本の幹線道路を子どもたちに横断させていたのだから。送迎には隣近所に住む母親全員が参加していた。父親はひとりもいなかった。私の父は郵便局で働いていて、二日に一度、午後は非番だったのに。なぜだろう。

ひとつ確かなのは、私たちの生活が学校の日課と季節ごとのスケジュール、つまり授業時間と遠足、校外学習、長期休暇などにもとづいてまわっていて、そこから逃れるのは無理だったということだ。

もし何事もなく過ぎていたら、子どもを学校に迎えに行く曜日を振り分けたクロードとの取り決めを思い出すこともなかっただろう。私がクロードの担当外である月曜日と金曜日（フランスの小学校は一般的に週末のほか水曜日も休み）に勤務先のある郊外から戻るため車で環状線を飛ばし、赤に変わりかけている信号を無視して交差点を突っ切り、制限速度を超過し、焦っていることが伝われば相手もスピードを上げてくれるはずだとばかりに先行車にぴたりと張りつき、心臓を早打ちさせ、胃をよじらせながらしばしば最後に校門にたどり着いていたのを思い出すこともおそらくなかったのではないか。

もし何事もなく過ぎていたら、私たちに、働いている私たちによくあるあの癖について考えてみることもなかっただろう。運を天に任せてぎりぎりに職場を出て、しきりに時間を気にしながら緊張感と切迫感に駆られた余裕のないひとときをわざわざ味わうというあの癖のことだ。車中でかけていたラジオから時報が流れるたびに、心臓が縮みあがったのを憶えている。担任の先生がもう子どもたちを教室から出しているころなのに私はまだ環状線の出口にいて、子どもたちがもうアノラックを着こんだころなのに私はトラックの後ろで立ち往生していて、子どもたちがもう校庭を横切ったころなのに私はのろのろ運転を余儀なくされ、息子が学校の前ですでに私の姿を探しているころなのに私の前方には信号待ちの長い車列ができていた。そう、いつもこんな具合にこなしていた。ぎりぎりで。けれどもなんとかこなしていた。やれやれ、お疲れさま。

13　もしも弟が自分のバイクを新しい家のガレージに駐めなければ

弟は自分のバイクをガレージに駐める――こう書くと、恐ろしく単純なことに思える。あるいは、小学校で文章のつくり方を習うときの例文のようにも。主語、動詞、目的語、補語。

私は昔からずっと、人と場所との関係性が気になってならなかった。暮らしているアパルトマンや家といったプライベートな空間で、誰がなにをしているのか。誰がどの部屋で眠るのか。リビングのソファで昼寝をするのは誰なのか、バスルームを独り占めにするのは誰なのか。廊下や階段をどんなふうに動きまわるのか、どんなふうに互いを避け、どんなふうに互いを悩ませ、互いに目を光らせるのか。バルコニー、テラス、庭の物置、ガレージなど家に付属する空間で、どんな暮らしが織りなされているのか。

ガレージのある家に住むのは初めてだった。それは特権であり、私たちはそのことを意識していた。それまでクロードは小学校の向かい、アパルトマンから三百メートル離れた場所にある共同ガレージを借りていて、そこにスズキのバイクを駐めていた。ライダーと暮らしている人ならわかるだろうけれど、彼らはガレージに、偏執的とは言わないまでもかなりのこだわりを持っている。クロードにとっては前々から、そしてバイクを何度か盗まれたあとはとくに、理想のガレージ探しが日常の一部になっていて、賃料、自宅からの距離、空き待ちリストの人数などを気にしていた。しかもガレージはライダーがマシンをいじる場所、十二ミリスパナ、エンジンオイル、潤滑剤、クロームメッキの磨きに使うセーム革などを置いておく場所でもある。この不可欠の場所は私たちの会話の端々に顔を出し、ここをいちばん頻繁に登場させたフレーズが、〝ガレージでちょっと作業してくる〟だった。ガレージはアパルトマンに欠かせない付属施設であり、関係者以外立入禁止区域であり、加えて過度に剥き出しでざらついて湿っているという、つまり私などお呼びではない敵意に満ちた場所だった。そこでの作法を知らない私は、靴を汚さずに、油汚れを踏まずに、缶をひっくり返さずにどこにどう足を置けばいいのかわからなかった。そのうえ、臭いもひどかった。

クロードは学校に息子を迎えに行ったあとよくガレージに寄って作業をしたので、息子はライトの電球交換のやり方やブレーキワイヤーの張り替え方法に精通した。ディスクブレーキはまだ登場していなかった。それはこの私でも知っている。ガレージは父と息子が言葉以外の言語で、つまりテクニカルな身振りと、懐中電灯で修理箇所を照らすのに必要な忍耐からなる言語で語り合う場所だった。ふたりの秘密の領域であり、密やかな結託が、そして私抜きの彼らふたりの人生が築かれる場所だった。

ガレージは冷え冷えとした場所で、私たちは、クロードと私は、世間の目から逃れるためよくそこに逃げこんでいたのを憶えている。私たちがまだ十代で、郊外で暮らしていたころの話だ。クロードはすでにバイクを所有していて、それも私の目には魅力に映ったのだと思う。彼の手にはいつもフルフェイスのヘルメットがあった。バイクを降りたあといつも取り扱いに困っていた、あの大きな革のグローブも。

クロードと息子がガレージから戻ってくると、ふたりの手はたいていい凍えていて頬が上気し、ズボンの膝に油汚れがついていた。そして瞳には、私が愛したあのきらめきが宿っていた。


私は弟のバイクについて語る瞬間を先送りにしている。弟が新しい家のガレージに駐めたバイクについてだ。私はあのバイクにフォーカスをあてなければならない。それというのも、そんじょそこらのバイクとはまるで別物だったから。

14　ホンダの歴史に革命を起こした日本人エンジニアのタダオ・ババがなぜ、私の人生に勝手に立ち入ってきたのか？

私が一度もその土を踏んだことがなく、私の存在の中枢から一万キロメートルも彼方にある日本という国が、世界的メーカーであるホンダと、そして事故当日にクロードが乗っていたあのCBR900ファイヤーブレードを生み出したエンジニアのタダオ・ババを通じて私のその後の人生を決めることになるなんて、いや、私のその後の人生を打ち砕くことになるなんて、いったいどうしたら想像できただろう。

日本は私のフランス人の友人の多くが崇拝する国だ。なかには日本式に暮らす人までいて、座卓を置き、フォークの代わりに箸を使い、ときには神道の教えを取り入れ、洗練きわまりない日本人女性――彼女たちが洗練されていることは認めなければならない――と結婚している人もいる。

この国の文学作品はいくつか読んだことがあったし、この国の最近の歴史は知っているし、フィリップ・フォレストが自著『さりながら』（澤田直訳、白水社）のなかで、彼のテーマである私的な喪と、原爆によってその一部が虐殺されたこの国の人たちの集団的な喪とを力強く共鳴させようとしたことは理解している。

さらに日本は、人びとに尊敬の念を抱かせ、全世界が見習うべき社会規範をそなえ、と同時に畏怖を掻き立て、そしてその高度な科学技術で私たちを驚かせた国でもある。ミュージシャンとライダーもその凄さを知っていて、ホンダ、ヤマハ、カワサキ、スズキ、ソニー、カシオ、日立の製品を買い、サウンド、スピード、正確性、スリルを与えてくれるこれらのメーカーを崇拝した。シンセサイザーのヤマハDX7がいかにして一九八〇年代のポップ・ミュージックに革命をもたらしたかはよく知られている。それは世界を席巻した。クロードももちろん、一台目のシンセサイザーを買ったとき、この流れに逆らえなかった。その証拠に、この本の最初のほうで言及したアメリカのシーケンシャル・サーキット社はヤマハの傘下にあったメーカーだ。

この途轍もないバイクを生み出した日本人エンジニア、タダオ・ババに会ってみたかった。いったいどんな風貌をしているのだろうとそここを探し、ポートレート写真を見つけた。にこやかでチャーミング、タバコを手にして少し黄ばんだ歯を見せている。まさに潑溂とした六十代。彼の白髪交じりのかっこいい顔写真（ローランド・ブラウン撮影）がプリントされ、「BABA、綿50％／ポリエステル50％　混紡」の説明書きが大文字で付されたTシャツすら見つけた。通販サイト〈ピクセルズ・ショッピング〉で特売されていたもので、値段は十四・九一ユーロ。当サイトの検索を続けると、「ホンダ・ファイヤーブレードデザイナー」という肩書がついたタダオ・ババのこの同じ写真が実に多彩な製品にプリントされて売られていることが判明した。マグカップ、バスタオル、トートバッグ、スパイラルノート、シャワーカーテン、羽根布団カバー、ヨガマット、iPhoneケース、グリーティングカード。ということは、タダオはスターなのか。私は啞然とする。彼の顔で飾られたシャワーカーテン。まさかそんなものがあるなんて。

ホンダは彼にレース用のバイクとしてCBR900ファイヤーブレードを製作するよう要請した。その意図は、ホンダの伝説の耐久ロードレースバイク、RVF750の後継モデルとなる直列四気筒エンジンをそなえたバイクを設計し、京都の近くにある著名な鈴鹿サーキットでおこなわれている八時間耐久レースに参加させることだった。ここで私は、直列気筒について調べる必要に迫られた。一応、気筒がまっすぐに並んだものだろうとの見当はつけていたのだけれど（そう、さすがにこの私でも）、調査の結果、その理解で間違いないとの確証を得た。と同時に、クロードが死の直前に読んでいたあの本のタイトル、『サイコなリアクションとどてっ腹に穴のいたキャブレター』が頭に浮かび、この同じホンダ900が、いまでは実質的にほぼすべての車両で使われている電子制御式インジェクターではなくキャブレターを搭載していたことも確認した。

こんなふうに詳細に立ち入って恐縮なのだけれど、もう少しお付き合い願いたい。タダオ・ババに求められたのは、〝ブレーキ制御と操作性において前例のないクオリティをそなえ、競技用バイクのような直感的な反応性を誇り、しかも量産しうるマシンを製作すること〟だった。これはホンダの沿革を紹介するページで使用されている言葉、つまり同社の広報部門の最高機関がお墨付きを与えた言葉であり、その巧妙さと優雅さを読者のみなさんにわかってもらいたくて、わざわざここで引用した。平たく言えば要するに、公道用バイクに見せかけた競技用バイクを製作するということだ。これは俗に策略と呼ばれるものではないか。あるいは、マーケティングの妙とも。そして世界との競争においてハイレベルな地位を保ちつづけるためには、このマーケティングの力を発揮する必要がある。

タダオ・ババはエンジニアとしては変わり種だったらしい。一九六二年、十八歳でホンダに入社(当時、ホンダはまだわずか創業十年そこそこだった)。エンジニア志望の人が通常歩む道を進まずに彼は実地で学び——たぶん現場が最良の学校なのだろう——、まずは小型バイクであるCB72およびCB77のシリンダーヘッドとクランクシャフトの製作に携わった。そして革新的な技術を開発するまでになる。彼は自分が開発したモデルにみずから試乗し、〝血気に逸《はや》るタイプ〟で、CBRのテスト走行中にたびたび転倒したと言われている。CBRはロデオの馬が乗り手を振り落とすように彼を地面に叩きつけたに違いない。彼はまさに伝説をつくりあげた。この試乗のエピソードに私の背筋は凍りついた。とはいえタダオが乗ったのは、保護された専用のテストコースだ。一九九九年六月二二日火曜日にクロードが走行したような、通行量の多い市中心部の大通りではなくて。

タダオ・ババは詩人でもあった。ひらめきを感じさせる繊細なタイプの。日本流のさらりと簡素な作風の。彼はＣＢＲ９００の流線形のボディーの左内側にこう刻ませた（これはクロードが乗ったあの一九九八年モデルだけが持つ特徴だ）――〈For the people who want to know the meaning of light weight.（軽さの意味を知りたい人たちへ）〉。

軽さという言葉の持つ軽々しさのすべてがここにある。

そしてこの言葉は、結婚指輪の内側に入れるイニシャルのように刻まれた。そっとさりげなく。

15

一九九九年六月二二日にクロードが乗っていたメイド・イン・ジャパンの花形、ホンダのCBR900ファイヤーブレードがなぜ、日本では公道での走行が禁止されていたにもかかわらずヨーロッパに輸出されていたのか？

なにはともあれ、物事に仔細に目を凝らし、一見しただけでは目につかないものを探しまわらざるをえなかったがゆえにさまざまな発見がもたらされたのであり、そこには受け入れがたいものもいくつか含まれていた。けれども、ひょんなところで予想外の骨を掘りあててしまうのは、発掘調査を進める者のいわば宿命とも言える。この場合、もっとも目につく骨は日本と欧州連合（EU）（当時は欧州共同体（EC））のあいだで締結された協定で、この協定にもとづいて、一九九一年に登場したホンダのファイヤーブレードが、誕生直後のその年からフランスなど域内の一部の国々で販売されることになった。だがそのいっぽうで、日本では危険すぎると判断され、発売は見送られたままだった。つまり公道での走行を禁止され、レース専用とされていたのだ。ファイヤーブレードは同年に開催されたパリのバイク見本市に出展され、呼びもののひとつになった。見本市で撮影された四分間のライブ映像のなかでこの新しいホンダのバイクが紹介されており、この〝スーパースポーツ〟（サーキットやレースでの走行を前提にした高出力エンジンと高い機動力を持つフルカウルタイプのバイク）を、排気量一〇〇〇CCのそれと比べて遜色のない性能を持つマシンと宣伝している。ファイヤーブレードはその後、度重なる改良を経て出力荷重比（パワーウェイトレシオ）が大幅に向上し（事情通のために数字を挙げれば、一三〇CC／一八〇kg）、いまここで問題になっているモデル、つまり第四世代にあたる一九九八年モデルの最高速度は時速二七〇キロに達していた。つまりタダオ・ババは、所属するホンダに後押しされ、パワーをひたすら追い求める新たな競争の端緒を開いたのだ。

　このバイクが危険すぎると判断されて日本では販売されなかったという事実は容易に受け入れがたく、これもまた私がどうしてもこだわってしまうディテールだ。

　私はこの事実を事故の翌週、つまり葬儀の日に知った。教えてくれたのはリリュー＝ラ＝パプの優先市街化区域《ZUP》でクロードとともに育ち、のちに彼の姉のニコルと結婚したポールだ。葬儀に駆けつけてやさしい気遣いを存分に示してくれたこのクロードの義理の兄は年季の入ったライダーで、バイクの免許の種類やシステムに詳しかった。私にとって驚きだったこの情報はその後、二輪愛好家の友人たちの一部によって裏づけされ、ライダー界隈では周知の事実だったことがうかがわれた。その証拠に、CBR900の事故についてはみなが耳にしていた。それは彼らが言うには〝手に負えない〟バイクであり、レースやサーキットのためにつくられたものだった。

　ポールによれば、カワサキニンジャ750など、日本の一般市場から締め出されているいくつかのモデルはフランスやイタリアやスペインの血気盛んな若者たちに人気で、彼らはそれらを茶化して〝死のバイク〟、〝走る棺桶〟などと呼んでいるらしい。ホンダのCBR900も同じで、それは玄人のためのマシン、カミカゼたちのための爆弾だった。それらはいずれも、大概が狭くて曲がりくねっている自分のところの道路で事故られては困るとばかりに日本では走行が禁止されていた。彼《か》の国の産業は、国内用と輸出用に生産を分けていた。産業というものがおしなべてそうであるように、とはいえ、奇妙な基準にもとづいて。ポールはまた、フランス人のライダーたちが日本人をおちょくっていることも教えてくれた。〝あいつらが乗ってるバイクより俺たちのもののほうが上等だ、連中がつくってるっていうのにな！〟。まるでそれが特権であるかのようように。それに乗れる自由が、フランス人の優位性をまたひとつ全世界に誇示しているとでも言うように。つくるのは彼らで、死ぬのは俺たち。これはフランスの武器メーカーが自社の製品を海の向こうに輸出するのと少しばかり似ている。けれども武器の場合、それが人殺しを目的につくられていることは容易に察せられる。

友人の何人かからは訴訟を起こすよう勧められた。けれどもどんな判決がくだされたところで起こってしまった出来事はなにも変わらないし、超絶にパワフルなバイクのせいで人間がひとり死んだことを証明しようとすることに自分の残りの人生を費やす気にもなれなかった。それに裁判を起こせば、アスベストを吸いこんだり農薬のグリホサートを体内に取りこんだりして苦しんでいる人たちや、アルジェリアのサハラ砂漠で兵役に就いているときに放射能を浴びてしまった人たち（フランスは一九六〇～六六年に当地で十七回の核実験を実施した）と同じ苦労を抱えることになっただろう。際限なく証拠を集め、鑑定をいくつも依頼し、そして結局は苦境に立たされたままだったはずだ。それにフランスが国として認可したものが、実際には恐るべき罠であったことをどのようにあかし立てするのだろう。いったいどこの誰が、レース用につくられたバイクにフランス、スペイン、イタリアの道路を走る資格を与えたのだ？　〝認可された〟とはいったいなにを意味するのだ？　ここでも私は、危険性、すなわちあのパワーウェイトレシオは認可の可否の判断項目ではないことを知る。試験を担当する地方環境・整備・住宅局が考慮するのは、インジケーター、ブレーキランプ、ミラー、ナンバープレート、排ガス基準、騒音レベルなどで、危険性に関する項目はゼロだ。もっとも現在ではアンチスキッド装置、ウィリーコントロール、アンチロックブレーキシステム、レインモードなどが搭載されて安全性は大きく向上し、それによって被害が軽減されているはずではあるけれど。

フランスの道路交通法典に従えば、クロードは乗っていた車両の操作を完全にマスターしていなければならなかった。それが問題のすべてなのだけれど、その点についてはあとで立ち返ろう。問題のすべてだというのは、ほかに事故の原因がまったく見あたらないからで、警察の報告書にそう書かれている。とはいえ、日本人にとって危険とされたものをフランス人にとっては危険なしとするのはどうにもおかしな話に思われる。いったいどんな輸出協定が、どんな貿易収支が、どんな取引が、どんなグローバリゼーションが、どんな経済的基準が、こんな不埒な行為を可能にしたのだろう？

私は時間をかけて調べ、このスキャンダルとこの異常事態のいまだ失われていない痕跡のまわりをぐるぐるめぐった。ここで言う痕跡とはインターネット上に残されたもので（ただし事故当時はインターネットが普及しておらず、そのせいで集められた文章は少なかった）、ブログやチャットルームなどで発せられた証言や雑誌の記事がそれにあたる。私ははっきりさせたかった。これはクロードのせいだったのか？　それともバイクのせいだったのか？　先に言及したあの運命というもののしわざだったのか？　貸す側、借りる側の未熟さのせいだったのか？　車道にあったオイル溜まりのせいだったのか？　スズメバチに刺されたのか、太陽がまぶしかったのか、猫が横切ったのか？　歓喜や興奮が過度な加速を招いたのか？　引っ越すことへの不安があったのか？　ご存じだろうけれど、私たちは過ちの責任をなにかに押しつけずにはいられない。たとえ押しつける先が自分自身であっても。

私は事故現場に戻り、あらゆる点について確認した。東から西へと向かった走行の軌跡、あの時期にプラタナスの木立のあいだを舞う花粉、二カ所の横断歩道、バス停、ごみ箱の位置、駐車スペース、ジャキエ通りとの交差点、大通りに沿って建ち並ぶブルジョワの邸宅の門、郵便受けに書かれた名前。とにかくなんらかの徴《しるし》を求めて。

その後、あのバイクの時代は終わり、嘘をまとったホンダのバイクは結局、二〇〇四年に販売打ち切りとなった。ホンダの現在のサイト、つまり華麗にレイアウトされた同社の見事なウェブサイトには、問題のモデルはCBR1000ファイヤーブレードにバトンを引き継いだと書かれていた。そして今回は〝公道用〟ではなく〝レース用〟として分類されており、論争に終止符が打たれる恰好となった。コラムのリード文につけられたタイトルは、〝絶対的なパワー〟。意図するところは明白で、曖昧さやごまかしはもはやない。

バイクは販売中止になったけれど、〈オト・モト〉、〈モト・ジュルナル〉、〈モト・マグ〉といったたぐいのバイク専門誌のサイトはまだ残っていて、そこにはジャーナリストたちのエッセーやコメントが掲載されている。私が読むものは雄弁で、ホンダのCBR900についてたとえばこんな具合に書かれている。〈ライダーの命を脅かす危険と引き換えに、まさしく劣悪な条件下においても軽く時速二六〇キロに達する〉。私はそれらの記事を通じて惨事を言い表わすさいの特殊用語、危険行為を表現するときのあの叙情性に慣れ親しむことになったのだが、そうした言葉が極限のスリルを求めている人たちを駆り立てているのは間違いない。

あるジャーナリストはさらにこんなことまで書き綴っていた。〈ホンダのCBR600は闘志にあふれていたが、危険な存在となるにはパワー不足だった。だが900のエンジンでそれが可能になる〉

そしてこの興味深い話の裏づけとして、このような記述も見つけた。〈一九九一年のCBR900に搭載されていた直列四気筒エンジンが改良され、さらなるパワーと攻撃性を手に入れた。その威力のおかげでライダーはあっというまに〝ウィリー走行〟に入ることになる。新参者は実

力相応のモデルを選ばないと、恐怖を味わわされるか、最悪の事態を招くだろう〉

以上、原文どおり。

そしてそれは信号待ちのあとにバイクを発進させたクロードの身に起こったことだった。前輪が浮いてコントロールを失い、そして実際、最悪の事態を招いた。この現象についてはあるバイク専門誌の複数の記事でも深刻な問題として取りあげられていた。

後輪走行を表わす〝ウィリー〟という語は当時、誰も(ライダーを除いて)使用していなかった。けれどもいまでは、郊外で近年開催されているロデオ大会、つまりウィリー走行のスピードを競うレースのおかげで流行りの言葉になっている。

自分の人生があのことだけに、ああしたバイク関連サイトで情報を集めることだけにしばしば費やされてしまった事実に私はいまでも驚いている。私は、自分と同じようにあの危険なホンダのバイクに人生を踏みにじられた人たちが集まる小さなコミュニティを探した。被害者面をするつもりはなく、ただ自分の直感の正しさを確認したかった。慎重に問いを発し、そのさいにはハンドルネームを使ったので、私は〝どてっ腹に穴のあいたキャブレター〟になった。誰かが返事してくれるのを、情報をくれるのを待ち、寄せられる証言の数々に圧倒されるのではないかと恐れたけれど、誰からもなんの反応も得られなかったので首を傾げた。ひょっとして悪い記憶を消し去ろうとするなんらかの意思が存在するのだろうか。これではまるで適正な事柄と信じがたい事柄の選別がおこなわれたかのようではないか。だとしたら、いったい誰の手で？
クロードはよく、ライダーたちはエンジンの馬力の話ばかりしていると揶揄していたし、私も同じ印象を持っていたので、当のライダーたちに話を聞くのは気が重く、負担だった。けれどもそれは避けては通れない道であり、組み立てはじめていたパズルの重要なピースのひとつだった。

私は一九九八年、大阪にあるホンダの工場から出荷されたあのバイクがトラックに載せられ、一般道路、高速道路、港を見下ろす沿岸道路を通じて運ばれ、貨物船に積みこまれるさまを想像する。税関の手続き。十一日の航海、海と大海原のうねり、乗組員。スエズ運河。地中海。大西洋。ル・アーヴル港への到着。荷降ろし、クレーン、港湾労働者、カモメの群れ、土壇場で解除されたストライキのピケ、輸入許可が出るまでの倉庫での一時保管。納入明細書への検印、通関、ルノー・トラック社の運送車両への積みこみ。仕事を、バイクを運搬する仕事を愛するトラック運転手。彼自身もライダーで、ポーランド人で、これぞヨーロッパ。認証。パリ郊外にあるホンダの倉庫。そして弟がバイクを一台発注し、リヨンの代理店で一九九八年秋に引き渡される。一○月、一一月、一二月、一月、二月、三月、四月、五月。弟のガレージのなかにあるそれは私たちから遠く離れていて、存在しておらず、害もない。そのあと唐突にそれが私の家の、私たちの家の、一九九九年六月二六日土曜日に引っ越す予定だった新しい家のガレージに収められる。ドアから堂々と入ってくる、侵入してくる。

手短にまとめるとこうなる。

家、鍵、ガレージ、母、弟、日本、タダオ・ババ、一週間のヴァカンス、パリに住む友人のエレーヌ、ストック社の広報担当者。物事がとてつもない方向へ進みつつある。

16　もしも私が弟の手助けをしなければ

この〝手助けをする〟という基本的な概念について考えてみたい。私の所有物は少しばかり弟の所有物でもある。子どものころからずっと。私は与え、受け取り、お返しする。弟と代わりばんこに。私たちは家族であり、怒鳴り合ったり、にらみ合ったり、ときに密かに侮辱し合ったりする。政治的信条、あの相容れなさのせいで。そこに愛が加わって、海が荒れ狂う。糾弾され、耳を疑うようなこともままあるけれど、弟の誕生日には乾杯する。なんとか家族という船を守る。そっけない言葉をぶつけ合い、理解し合えず、どちらかが自分の意見に固執すれば大揺れの事態になり、真正面からぶつかり合うけれど、両親のプレゼントを選ぶさいには協力する。意固地な態度や逆上を受け流し、人生の選択の数々に目をつぶり、受け容れる。受け容れる、それがキーワードだ。私たちは姉弟《きょうだい》だから受け容れる。とはいえ、受け容れなければならないのだろうか？　自分のほうが賢いなどと言うつもりはないけれど、私はときたま姉として説教を垂れることがあり、こらえきれずについ出てしまうあの偉そうな口ぶりを悔いている。弟からは非難の言葉が向けられる。姉貴は道徳を振りかざす左翼のひとりだ、そんなに移民が好きなら、やつらと一緒に暮らせばいいじゃないか。〝道徳を振りかざす左翼〟は、歳月とともに〝イスラム左翼〟に変わった。こんなたぐいの、こんなレベルの、嫌味な言葉の応酬。それでも私たちは姉弟だ。たとえ腹に据えかねることがあっても、心を踏みにじられることがあっても。

弟は買い物の交渉に長けていて、私もそのおこぼれにあずかっている。これは私にはできない芸当だ。私のほうは助言する。二十歳の彼に、戦争をしにレバノンには行かないように、と。故売品をもらったお返しに。弟は私にカーアクセサリーをくれ、私は幼稚園が休みの毎週水曜日に彼の娘の面倒を見る。

弟もクロードと同様、バイクに乗る。彼が愛するのはスポーツバイクで――もうご存じだろうけれど――、いっぽうクロードは害のないカスタムバイクをのんびり走らせていて、ふたりでよくメカや運転術や装備について会話する。彼らには自分たちだけの縄張り、自分たちだけの話題、義兄弟同士の密かな連帯がある。それぞれにぴったりの保険プランも。

断ることなどできただろうか？　だめ、うちのガレージにバイクを駐めるのはやめて。だめ、なんか嫌なの。けれども、私に迷いやためらいは微塵もなく、迷惑には思わなかった。これっぽっちも。むしろ手助けできるのを喜んだ。ようやくあの家を、夏の数カ月だけでなくその先一年かけて改修しようと考えているあの望外の地所を手に入れることができて嬉しくてたまらなかった。弟の手助けができるのを喜んだ。自分の家を買う余裕のない、一万ユーロのバイクを何台も買う余裕のない弟の手助けができるのを。たぶん気後れを感じていたのだと思う。家を買うだけの余裕を持つ者としての後ろめたさを。だからもちろん、憶えている。私は誰にでも言っていた。この家はみんなのもの、これは私有財産を包摂する新しいタイプの共産主義なのだ、と。

六月一八日金曜日の夜、弟はとてつもなく場所を取る自分のホンダのバイクをガレージに、というか将来リビングに変える予定の一階のあの部屋に駐めた。彼は前輪に盗難防止用の頑丈きわまりないチェーンを通し、部屋の真ん中にそそり立つ支柱のひとつにくくりつけながら、このバイクは絶対に盗まれるわけにはいかないんだ、と言った（ちなみに未来のリビングには支柱が何本か設けられており、数年後、それらを取り除けるかどうか石工に尋ねてみると、「この部屋はもともと家畜小屋で――壁に餌入れの跡が残っている――、かつて上階に干し草を入れる納屋が設けられていたため長年の重みで梁がたわんでしまい、支柱が必要になったのだ」との説明が返ってきた）。弟は馬の尻をやさしくさするようにサドルを撫でた。自分のバイクに注ぐ、あの格別の愛情をこめて。それから後ろ髪を引かれるようにしてバイクから離れ、車で迎えに来た妻と一緒に帰宅した。そしてそのあと妻と娘を連れて、けれどもうちの子抜きで、心置きなくヴァカンスへ旅立った。一週間後、こちらに戻ってきたときバイクを引き取りに来る予定になっていた。

クロードはあの日曜日、蚤の市で買ったばかりのガーデンファニチャーの使い心地を、新居の庭にある桜の木の下で私たちと一緒に検証してくれた友人のマルクに言った。クロードは、巨大な存在感で一階の空気を掻き乱していたあのバイクを指さしながら言った。〝あれはご法度だ、正真正銘の爆弾だ、手を出してはいけない〟

あとでマルクがそう教えてくれた。

17　もしもクロードが弟のバイクに乗らなければ

マルクは教えてくれた。どうしてクロードの気が変わったのか、理解できなかったから。六月二二日火曜日の朝、クロードはなぜ、私の弟のバイクに乗って出勤したのだろう。小学校の向かいのガレージに駐めてある自分の無害なスズキのバイク、彼の言葉を借りれば、〝ぼちぼち〟走らせていたあのバイクではなくて。いったいなにがあったのだ？

彼は長いこと迷ったはずだ。なにしろホンダのＣＢＲ９００に乗るには、当人名義の保険に入る必要があったのだから。ある日、弟がそう言っていた気がする。これは特別なバイクだから、超強力なスポーツバイクだから、どこの保険会社も補償のリスクを負いたくないのだ、と。

思うにそれは弟にとって、私たちを感嘆させるための、自分は特別なバイクを転がしているのだという事実を強調するための手立てだったのではないか。弟がおそらく必要としていた、自分はほかの人とは違うのだということを示すためのサインだったのかもしれない。あるいは、こんなふうに危険と背中合わせでいるんだから、俺のことも心配してくれよな、と私たちに伝えるための方策だったのかもしれない。

弟は莫大な保険料を支払わなければならなかったはずだ。その保険会社の名前はもう忘れてしまったけれど、私は事故の翌週そこに電話をかけ、クロードが必要な手続きをしていたかどうか確認した。もしも保険に加入していれば、当然ながら金銭面に限って言えば、がらりと状況が変わっていただろう。ラ・モンディアル、そう、思い出した。保険会社のラ・モンディアルは私に言った。いいえ、クロード・Sさまのお名前で当該日になんらかの保険契約を締結された方はいらっしゃいません。私は愕然とした。普段のクロードからは考えられないことだったから。

爆弾だから手を出してはいけないとみずから言っていたくせに、その二日後に当のバイクを走らせたという事実は、私にとってずっと解明不能の謎に思えていた。しかも保険に入るのを怠ったのは驚きでしかない。どうしても腑に落ちない。ときが経つにつれ、私は保険会社が嘘をついたのではないかと考えるようになった。なにしろ証拠はない。結局のところそれは電話でのやりとりでしかなく、そして当時は固定電話に通話履歴の機能はついていなかった。フランステレコム社に問い合わせるべきだったのだけれど、あのときはショックが大きすぎて確認作業に乗り出すのは無理だった。私は保険会社の言葉を鵜呑みにした。疑うという発想がなかった。単に思いつけなかった。

ラ・モンディアル、いかにもお誂《あつら》え向きの名前ではないか。あれらのバイクでさえも、グローバリゼーション（仏語ではモンディアリザシオン）の醜悪さを象徴するような製品でさえも、補償の対象にしていたのだから。

何度も私はクロードの最後の一日の足跡をたどろうとした。

七時に起床。そのあとすぐに息子も起き出す。寝起きの髪のまま黙々と朝食をとる。背後にラジオが流れている。クロードは相変わらずコーヒーをこぼす。息子のおしゃべりモードのスイッチが入る。ママはきょうの夜、戻ってくるんだよね？　電車に乗ってくるのかな？　夜ごはんはうちで食べるかな？（息子はこうしたたぐいの問いを発したのだと思う。それというのもクロードにある日、あの子はきみがいないときみのことばかり話してる、と言われたことがあったから。そしてそれは逆もまた然りで、私には父親のことばかり話していたし、大変な知りたがり屋だった。）ねえ、新しい家、見に行く？　ほかのおもちゃも運ぼっか？　ルイに家を見せてもいい？これもまた両親がそろっていることの利点だ。それぞれが、相手に寄せる子どもの愛の証人になれる。証人であり、秘密を打ち明けられる者であることの幸せを味わえる。

クロードは長々と熱いシャワーを浴びる。彼は湯を帷《とばり》のように噴き出させるあの幅広のシャワーヘッドに憧れていて、新居に取りつける予定だった。いっぽう、息子のシャワーは短い。普段からあの子は湯の下をさっとくぐり抜けるだけですませていた。そのあと服を着る。たぶん前日と同じやつを。同じ短パン、同じTシャツ。あるいは……。それから急いで靴紐を結ぶ。もしくは手っ取り早く、マジックテープつきのサンダルを履く。クロードが着ていた服は病院がごみ袋に入れて返却してくれたのだけれど、当日の夜に開ける勇気はなかった。なかに入っていたのは、ボタンホールがふたつ破れてしまったシャツと、縦に裂けたライダースジャケット〈パーフェクト〉。

いつものように遅刻しそうだったので、ふたりは坂道を駆けくだる。わが家では毎朝クロードが息子を学校まで送っていた。それで都合がよかった。なにしろガレージは学校の向かいにある。ええ、これについてはすでに触れていて、同じことを繰り返しているのはわかっている。けれども私はこのわずか二十年のあいだ、このシーンを何度も何度も頭のなかで再現してきたのだ。左側の歩道を小走りする父子。背中で跳ねる軽い学童用のリュック（カバンが軽いのは学年度末だから）。先頭を行くのは息子だ。私はときおり、彼らが家を出たあとバスルームで身支度を整えながら、ふたりが坂を下りていくのを窓越しに眺めることがあった。思うに、それは完璧な瞬間だった。私は窓のこちら側からふたりをまなざしで包みこんだ。決して大げさではなく、包みこんだ。私はあの瞬間が放つ美を、自分が手にしている幸運を意識していた。私がいる場所からは、校門の前にいるふたりの姿は見えなかった。夫は息子と素早いキスを交わしていたのだろうか。息子の巻き毛に手を差し入れていたのだろうか。それともその両方をしていたのか。あの朝、ふたりがどんなふうに別れたのか、私は知らない。

そして、そのあとは？

単純で合理的でまっとうで好ましいシナリオはこれだ。まず学校の前の道を渡り、何段か階段を下り、小さな中庭を突っ切って三十メートルほど行き、集団ガレージのステンレス製の跳ねあげドアを開ける。車やトレーラーのあいだを縫って進み、スズキのサベージLS650を引っ張り出すが、これには特別なコツを要する。そしてグローブをつけ、ヘルメットをかぶる。ガレージのドアを閉める。ヘルメットをかぶったまま中庭を何歩か進む。（装備を身に着けているのにバイクに乗らずに歩いているライダーがいかに間が抜けて見えるかはご存じだろう。なにしろあの大きなヘルメットをかぶり、異星人のような態《なり》をしているのだから。）それからキックペダルを二、三度踏みこみ（スズキのサベージに電動スターターが搭載されていたかどうかもう記憶にないけれど、それはどうでもいい。私はあの独特のしぐさを、ペダルにぐっと体重をかけて火花を散らすあの所作を脳裏によみがえらせたいのだ。あのなじみのある特別な身ごなしをするクロードのシルエットを、幾千ものなかからクロードだと見分けられるあのシルエットを、愛車と一体化した妙技を、思いのままに単気筒バイクを始動させる玄人の技を眼裏《まなうら》に再現したいのだ）、そして職場までバイクを駆る。つまり市中心部のおよそ四キロ半の道のりを走る。ローヌ川にかかるブックル橋（ウィンストン・チャーチル橋とも呼ばれる）を渡り、ベルジュ大通り、次いでガリバルディ通りを走り、国鉄パール＝デュー駅に面して延びるヴィヴィエ＝メルル大通りに入る。そして九時少し前に、勤務先である音楽ライブラリーに到着する。

クロードはいったいいつの時点で、このシナリオから外れるための要素がすべてそろっていることに気づいたのだろう？　言い換えればいったいいつの時点で、六百メートルほど坂をのぼったところにある新しい家まで赴き、鍵のかかったチェーンで支柱にくくりつけられていた義弟のバイクに乗ることに決めたのか？　あらかじめ計画を立てていたのだろうか？　前日に、前夜に、私がかけなかった電話の静寂に満たされながら？

それともすべての信号が青だと――こんな言い方が適当かどうかはわからないけれど――気づいたのは、六月二二日の朝、息子を学校に送り、あの初夏の光、暑気、シナノキの花の香り、歓喜と活力を激しく掻き立てるあの吸いこまれそうな空の青に包まれたときだったのか？

あるいは、ガレージのステンレス製のドアを跳ねあげた瞬間に思いついたのだろうか？　ふいに自由を感じたのだろうか？　それというのも彼はその瞬間ひとりで、ひどく自由であるのと同時にひどく若くて、唐突に二十歳《はたち》のころの沸き立つ血潮に貫かれたから。そしてこれは――単なる仮説だけれど――そのとき妻子の姿が視野から消えていたという事実によるもので、そこには私とのあいだにあった地理的な隔たりが、いや、それだけでなくパリの文壇に挑もうとする私とのあいだにあったより深い意味での隔たりが作用していたのだろうか？　そうした隔たりをクロードは感じはじめていたはずだし、そしてそれは必然的に、たとえささやかであれ、彼の物事の見方に影響を与えていただろうから。

それともただ単に、腹の底から湧きあがってきた原始的で青臭い欲望に突き動かされ、どでかいバイクを走らせたい、あとあとまで記憶に残る感覚を味わいたい、自分が決して手放すことのなかったロックンロールがときにドラッグに似た陶酔を与えてくれるように、バイクを駆ることでアドレナリンを注入したいと思ったのだろうか？

　それはそこにある、いまだ、それは手の届くところにある。男なら誰でも試しに大型車のハンドルを握り、エンジンを吹かせたいと思うものではないか。それと同じように試しにバイクを走らせ、タイヤを軋ませるのは、映画が世に登場してからこのかた、ありとあらゆるアクション作品が伝えてきたイメージであり、それを通じて定番であるのと同時に観る側、観られる側、双方の心を躍らす追跡劇《チェイス》が繰り広げられ、現代人に広く知られた物語のひとつに不朽の命を与えるヒーローたちが輝く。そうした物語のベースにあるのはスピードであり、命知らずの行為であり、男らしさ（またしても）だが、現代人の運命は内燃機関と例のキャブレターの登場によって激変した。そう、私の心象風景いっぱいに広がっているキャブレター。どてっ腹に穴のあいたキャブレター、どてっ腹に穴をあけるキャブレター。

　火曜日の朝八時半、無茶をしたいという渇望が湧きあがり、クロードを一連の違反行為へと導く。まあ、でも別にマッド・マックスを気取るわけじゃないし、もっと地味で、そう、これは授業をサボってちょっとしたワイルドな冒険を楽しむようなものだよな。

　洒落ていて、洗練されていて、控えめで慎ましいというのがクロードのA面だとしたら、これはクロードのB面であり、もうひとつの顔だった。そしてこれもまた、私が彼を愛した理由だ。

他者の思考の道筋は謎であり、その人の頭のなかで起こった事柄をこちらは何年ものあいだ考え、語り、書くはめになる。いったいなにをどうすれば、順当で理にかなった〝大人の〟態度が、法も規則も無視した気まぐれな態度に豹変してしまうのか？　ある瞬間には銀行で住宅ローンを組んでいる小市民を、よき父親である家庭人を、別のある瞬間にはすべてをぶち壊そうとする喧嘩っぱやいパンクに変えてしまうものとはなんなのか？

だめ、暑すぎる、あそこに行ってはいけない。
坂をのぼってはいけない。あなたには危険が感じ取れないの？

クロードは新しい家（あるいはメルシエ一族の家）までの六百五十メートル（いましがたグーグル・マップで確認した）をのぼった。ヘルメットを手にして、ライダースジャケットを着こんで。勾配は急だ。彼は右脚をわずかに曲げて歩く。そのことを私は十七歳のとき、初めて彼がバイクではなく徒歩で私を高校《リセ》に迎えに来たとき気がついた。坂をのぼるには努力が必要だ。ベルヴェデール通りのようなきつい勾配の坂道を進むには、確たる意思の力が必要だ。心を決めていることが必要だ。クロードはのぼる。少し苦労する。ことによると途中で足を止めさえし、それからまた歩き出す。クロードの姿をうまく頭に描けない。ぼんやりとしか見えない。
なにか腑に落ちない。

彼はガレージで、つまりまだガラス窓がなく、数年後にそれを取りつけてもらうことになる薄暗くて無愛想なあの場所で待機していたホンダのＣＢＲ９００のチェーンを外した。

そしてバイクにまたがった。タダオ・ババが超軽量なマシンを実現させようと奮闘を重ねたとはいえ、それは百八十三キロ（クロードの体重の三倍だ）もあったから、動かすのに苦労したはずだ。それに扱い方を心得ている必要もあった。

彼はエンジンを始動させた。スターターは電動式、それは確認済みだ。

とはいえ、鍵はいったいどうやって手に入れたのだろう？（免許の問題はさておき）

鍵の問題について、私はひどくこだわっている。クロードはいったいどうやって鍵を手に入れたのか？　弟が鍵をどうしたか記憶にない。でも、もしかすると……。

もしも私が前夜、パリの友人宅のあのソファから立ちあがって電話をかけていたら、クロードは私の声になんらかの響きを感じ取り、あのバイクに乗るのを思いとどまったのか？

頭に浮かぶのは、性質《たち》の悪い疑問ばかりだ。

18 もしも一九九九年六月一九日土曜日にスティーヴン・キングが死んでいたら

私はクロードを思いとどまらせ、彼がホンダのバイクに乗るのを阻止できたかもしれない世界規模の出来事、ニュース、トラブルや事件を探した。クロードに警戒心を抱かせるにはなにが必要だったのか？　どんなスクープ、新聞のどんな見出しがあれば、彼はあの日、空中に漂っていた危険の匂いを感じ取ることができたのか？

私は一九九九年六月二二日の前日、前々日、さらには前々日の前日に起こり、運命を阻むことが、クロードに人生の儚さを意識させることが、彼をたじろがせ、心底おじけづかせ、きちんと横断歩道を渡ろうという気にさせることができたかもしれない出来事すべてを洗い出したいと思った。けれども見つけたのは、ぱっとしないニュース、あの二十世紀末に地球を覆っていた、ふやけた退屈な日常にまつわる報告だけだった。

見つけたのはわずかに、クリケットの試合でオーストラリアがパキスタンをくだしたといった意外性のないスポーツニュース、石油大手のエルフ・アキテーヌがノルウェーの石油会社、サガの株式取得競争に負けたといった退屈な経済記事、国際政治に関する情報、そしてすでに病院への予算を増やすよう要求して抗議活動をおこなっていた公衆衛生監督医務官たちにまつわるニュースだった。それからイタリア人作家、マリオ・ソルダーティが亡くなったという記事も。このニュースは私の記憶からすっかり抜け落ちていたけれど、それでもあのマリオ・ソルダーティだ、ことによるとなにがしかの影響を与えられたかもしれない。けれども彼は九十二歳で老衰のため亡くなった。だから衝撃でもなんでもなく、背中に冷水を浴びせられることもない。ほかに調査会社IFOPが実施した最新の世論調査でシラク大統領の支持率が五十八パーセントだったこと、先進国首脳会議《G7》がドイツのケルンで開催され、最貧国の債務削減が決定されたこと、イランで複数のジャーナリストが投獄されたことを報じる記事を見つけた。

私は落胆した。時計の針を戻して、物事の流れを止めうるなんらかの契機を見つけ出したかった。これほどの歳月を経たあとでも、歴史に別の展開を取らせるチャンスを与えたかった。そしてこれらのもろもろの出来事のなかに、横溢するそこそこ大切な情報のなかに、クロードの衝動を阻止できたと考えられうるニュースが確かにひとつあった。二十年前の古い〈ル・ヌーヴェル・オプセルヴァトゥール〉誌のある号をめくっていたら、一九九九年六月一九日に若くして亡くなったエリ・カクーの記事を偶然目にしたのだ。エリ・カクー。聞き覚えのある名前であり、彼の死に迫りたいと思った。享年三十九というのはクロードとほぼ同じで、けれどもこの人の場合はエイズ死なのだが、そうとわかってもまだ思い出せない。エリ・カクー、そうだ、そうだった、あの有名なコント、「マダム・サルファティ」を披露していた人だ。あのコントは南仏でヴァカンスを過ごしたときにクロードの家族と一緒に観て、みなで大笑いした。それは彼がクロードや彼の両親と同じピエ・ノワール（フランス統治下のアルジェリアに居住していたフランス人。アルジェリア独立戦争を機に多くが本国に引き揚げた）で、「ピエ・ノワール」は〝あっちに〟全部置いてきた、〝着の身着のまま無一文で〟戻ってきた」などと言っていたからだ。そして彼のそうした言いまわしはクロードの母が、彼女のトレードマークである揶揄のセンスを発揮しながら強い訛でよく口にしていたものだった。エリ・カクーの死は現実を変えるのになんの役にも立たなかったけれど、こうした一連の思い出が私をクロードのもとに引き戻してくれた。私はなにもかも一時的に中断してパソコンで彼のコントを観た。自分の仕事部屋に、私の仕事部屋となったあの奥まったところにある小さな部屋にこもりきりになって。そしてイスラエルの農業共同体《キブツ》でのシーンを演じる彼を観て頬を緩め、画面をクリックし、笑った。あっぱれなエリ・カクー、彼はずいぶん苦しんだはずだ。私は動画を次々に再生した。書くことより楽だった。けれどもそれは無駄骨で、エリ・カクーの死はクロードの死を回避させられなかった。それでも少なくとも私はクロードのことを想いながら微笑み、長い時間をかけてユーチューブを視聴し、どんどん脇道に逸れ、そして気がついた。二十年後のいま、自分がどれほど大きな愛に貫かれていたかを。

私は諦めずに決定的な出来事を探し求めつづけた。あの日、どんな事件もどんな騒動もどんな悲劇もクロードに影響を及ぼさず、結局のところ、バタフライエフェクトをもたらす蝶の羽ばたきが彼をかすめもしなかったなんてありえない。けれどもチョルノービリ原子力発電所を閉鎖するという発表はなんの変化ももたらさなかっただろうし、パリ証券取引所の好調な取引の一週間も然り、クロード・エヴァン（政治家。保健相を務めた）がＨＩＶ感染血液事件で過失致死罪に問われたことも同様だったはずだ。

私は苛立った。時事ニュースのなかから、クロードの意識までじわじわ到達し、彼にメルシエ一族の家まで歩を進めることを思いとどまらせる究極のどんでん返しをなんとか引き出したかった。

そんな出来事が絶対にあったはずだと考え、必死に思い出そうとした。エリ・カクーで息抜きをしたあと、手帳をめくり、古新聞を、つまり一九九九年に発行された〈ル・モンド〉紙（ちょくちょくクロードの記事が載っていた）を洗い直した。私はそれらを新しい家に運びこみ、箱に入れて手の届く場所に保管していた。そこにいつかクロードの人生の最後の日々の痕跡のようなものを、当時の風潮のようなものを、私たちをふたたび結びつけ、私がなにより忘れたくないと願っている当時の空気のようなものを見いだすことを期待して。ほかにも私は何日分かの〈リベラシオン〉紙と、クロードが貪るように読んでいた雑誌、つまり〈レザンロキュプティーブル〉、〈ロック&フォーク〉、〈ニュー・ミュージカル・エクスプレス〉のすべての号も保管していた。

よくあるようにその日も私は書かずに新聞をめくり、動画を観てあちこち寄り道し、もうやめてしまおうかという思いにまたぞろ襲われていた。うろうろ探してまわっているのがばかばかしく思えた。結局のところ、こんなことをしていったいなんの意味がある？

そしてそのあと、クロードの事故の三日前、つまり一九九九年六月一九日土曜日の一六時半、スティーヴン・キングが居住地である米国メイン州の田舎道で日課の散歩を楽しんでいたとき交通事故に遭ったことを伝える記事を見つけた。そうだった、と私は思い出す。当時このニュースを知って私もクロードも驚いた。すっかり忘れていたけれど、スティーヴン・キングはミニバンに撥《は》ねられて側溝に投げ出され、肋骨を含む数カ所を骨折し、肺に穴があき、意識不明のひどい状態で救出されたのだ。

クロードはキングのファンだったのだが、とりわけ好きだったのは『シャイニング』で、少しばかり周囲から隔絶した感のあるメルシエ一族の家を買ったときにはこの作品を引き合いに出していたし、映画版の音楽（ウェンディ・カルロスが担当した）を高く評価し、学生たちに（彼はときどきあちこちで教えていた）このサウンドトラックをテーマに講義をおこなうほどだった。

スティーヴン・キングが車に撥ねられたというニュースを知ったとき、クロードと私は、うちにある彼の本ってなんだっけ、と頭をひねったのだけれど、本はすべてすでに箱詰めにされていただけでなく、新しい家に運びこまれてもいた。

というわけでまさにこれこそが、わが身を危険にさらすことをクロードに思いとどまらせられたかもしれないニュースだった。ただし、事故がもっと深刻だったなら。スティーヴン・キングは重傷を負ったけれど、それだけでは足りなくて、命を落とす必要があったのだ。

彼はヘリコプターで搬送され、世界中のジャーナリストが病院の玄関先に詰めかけ、病院では外科医たちが片脚を切断すべきか否か迷っていた。彼はずたぼろで死に瀕していたけれど、生きていた。そしてその事実が大きな違いを生む。それは死がどこかに身を潜めていることを私たちに思い出させるいっぽうで、逆にあのぞくぞくとするスリルを掻き立て、熱い血潮を鎮めるというよりもみなぎらせる。のちに私が知ったのは、それというのもクロードはおらず私だけが知りつづけようとしたからなのだけれど、このときスティーヴン・キングをふたたび依存症へ陥れることになるあの例の鎮痛剤を処方されたことと、事故が六月一九日に起こったせいで、彼が19を因縁の数字と見なすようになったことだ。ちょうど私が事故のあと、22を不吉な数字として恐れることになるように。

スティーヴン・キングは命拾いをした。クロードに熟慮を促したであろう最悪の事態をぎりぎりでかわした。私はキングを恨んでいるのだと思う。無事に切り抜けたから。私のためになにもしてくれなかったから。

19　もしもあの火曜日の朝に雨が降っていたら

これまで私の頭をよぎりもしなかったことだけれど、あの火曜日の朝に雨が降っていた可能性もあったのだ。人生が方向を変えるには、ときに単純きわまりない要因ひとつで事足りる。天気といった、単純でありふれた要因ひとつで。そう考えると啞然とするばかりだ。正直、天気については考えたこともなかった。六月は心地よい陽射しに恵まれるのが当然だとされているから。リヨンではとりわけそうで、よく夏至のころから気温が一気に上昇し、そうなると夕方から夜にかけて天気が荒れやすく、音楽フェス〈レ・ニュイ・ド・フルヴィエール〉の主催者もそのとおりだと証言してくれるだろう。私が憶えているのはティンダースティクスのコンサートで、ひどい土砂降りにボーカルのスチュアート・ステイプルズは、ステージでめったに脱ぐことのなかったあのブリティッシュ然としたツイードの厚地のジャケットを着こんできて正解だったと思ったはずだ。突然ぐんと気温が下がり、雨脚があまりにも激しかったので、私はコンサート会場として使われていた古代ローマの円形劇場の観客席をめぐっていた物売りから透明なビニール製のポンチョを買うはめになった。ハイキングに行くときにはそのポンチョをいまだにカバンの底に忍ばせている。私のティンダースティクスのポンチョ。クロードなら気に入ってくれただろう。

これまで考えもしなかったことだけれど、一九九九年六月二二日が雨で肌寒く、まさしくうっとうしい一日であった可能性もあったのだ。そしてそうであれば、そのときばかりは雨が私の人生に恵みをもたらしていたに違いない。雨が私たちに祝福を与え、パリから帰ってきて列車を降りた私を驚かせ、私の髪をうねらせ、自宅のアパルトマンに戻るため38番バスの最終便に乗ろうと停留所へ向かう私を小走りにさせただろう。そしてわが家に着いたときにはびしょ濡れで、機嫌がかなり悪くなってはいるけれど、すぐさま食卓につき、クロードが温め直してくれた料理を、たぶん彼の定番料理のひとつであるチリビーンズを、引っ越しの只中に料理をする暇があったとは思えないけれど、とにかく彼が出してくれる料理をのうのうと食べたはずなのだ。

もしもあの火曜日の朝に雨が降っていたら、クロードはどんな判断をくだしただろう？

ホンダのバイクを支柱から外すためにメルシエ一族の家までわざわざ坂道をのぼったりは決してしなかったはずだし、息子を学校まで送っていったあと、傘の下で鼻に皺を寄せて空を見あげ、南と西を見やったことは容易に想像がつく。リヨンの住人が天気を読むときそうするからだ。私たちはよく、ローヌ渓谷とフェザンの製油所がある方角の彼方に視線を向け、遠くに雲の切れ目を期待させる光の筋が現われないかと瞳を凝らす。雲の切れ目。この言葉は私に、フィリップ・

パスカル（少し前に自殺した彼も、幼少時にアルジェリア戦争を体験した）がボーカルを務めていたロックグループ、マルク・シベルグのナンバーでクロードがよく口ずさんでいた「雲の切れ目」という歌を思い出させる。

けれどもそれは以前の話、世紀が変わる以前の話、携帯電話で天気予報を調べることなどできず、問いかけるように空を仰いで東西南北に視線をめぐらし、風向きと雲の形状とを組み合わせた心もとない方程式に頼りながら、祈りの言葉をふんだんに唱えていたころの話だ。

クロードは空を眺めやったはずだ。毎朝、寝室の窓を開けながらしていたように。彼はいつも手を外に突き出していた。まるでその手で大気の温度と天気予報の信頼度を測っているような、私たちふたりを笑わせるふざけたしぐさで。彼は毎朝、心配そうに大気の状態をうかがった。まるで自分の人生がかかっているとでも言うように。なぜなら雨のなかバイクにまたがるのは、アルジェリアの沿岸道路をクールに走るのとわけが違うから。それは彼が完全にこの地の人間ではなく、北緯四五度線より北にいるのはなにかの手違いなのだということを私に再認識させる手立てのひとつであり、それはもっともな主張だった。歴史の風によって地中海の北側に吹き飛ばされさえしなければ、彼が温帯にある国々で天気予報などと呼ばれているものを気にすることはまるでなかったはずだから。地中海のあちら側にいれば、とこしえに暖かい空気のそよぎに包まれながらシャツ一枚で暮らし、裸足で歩きまわり、ヘルメットなしでバイクを駆ることができただろう。一一月から五月まで、ブーツを履いて震えている代わりに。

もしもあの日の朝、雨が降っていたら、クロードはガレージに行くため道を渡り、つと足を止めて考えるとため息をつき、首をすくめ、ぼんやり無精ひげを撫でただろう。百メートル先を通るバスに乗ろうかどうかためらったすえに、スズキのサベージのロックを外しただろう。バスに乗れば仕事場まで乗換なしに一本で行けるのに、大人しくバスを待つという選択がどうしてもできなかったはずだ。そしていま、そうした彼の行動を考えると、大げさすぎて愛おしいほどだ。クロードにとってバスに乗るのは憤懣やるかたないことだった。間が悪く、煩雑で、彼にはそぐわない仰々しい行為だった。運行ダイヤ、チケット、そして人群れの一員となって身動きを封じこめられること。それは彼にとって少しばかり恐怖であり、あの長身でバーを握ってじっと立っていたら、ほぼ間違いなく身を持て余しただろう。バスは彼に不向きだった。いっぽうバイクは理想の逃走手段であり、彼が愛した都会の暮らしにぴったりマッチしていて、他者に依存していないという感覚を与えてくれるから安心できた。歩くのは不得手だった。街も山も。彼はバイクに乗ることで、みずからの重心を、みずからの均衡点を見いだした。

クロードはごく幼いころから自転車を乗りまわしていて、私の脳裏に浮かぶのは、アルジェリアの家のテラスで三輪車にまたがっているあの写真だ。フランスに引き揚げてきたとき、両親は彼に子ども用の自転車を買い与えた。そしてティーンエイジャーになると今度は自分で中古のマウンテンバイクを購入し、住んでいた地区の団地の前でこみ入った走りに興じたり、斜面をくだったり、さらにはじきに車道でもいろいろ危険なことをやるようになった。そう教えてくれたのはクロードの友人のアランで、ふたりは当時リリュー＝ラ＝パプにある同じ団地に住んでいて、夜のパーティーとレコードを一緒に楽しんだ仲だった。そのあとクロードはバイクの免許を取り、そしてそれがまた別の物語の始まりとなった。

もしもあの六月二二日の朝が雨降りだったなら、クロードは水が流れくだっていたであろうあの坂をのぼるのをあきらめたはずだ。軽率にも靴を濡らしてしまうような行為を避け（彼は靴に思い入れのあるタイプで、こう記しながらいま、病院が靴を返してくれなかったことに気がついた）、メルシエ一族の家まで行くため奔流のなかをわざわざ歩くようなまねはしなかっただろう。これは確信を持って言えるのだけれど、スリップする恐れのあるホンダのCBR900のエンジンを吹かすまでもないと悟っただろうし、とっておきの楽しみを台無しにはしたくなかっただろうし、雨粒という雨粒がヘルメットのシールドを細い滝となって次々に流れ落ちるせいで視界がまるできかない悪天候下であのバイクを走らせるのは到底無理なはずで、試してみる価値もないことだった。

だからそう、坂はのぼらずに毎日のルーティンに従って共同ガレージのドアを開け、自分のスズキのバイクまで縫うように進み、車体の後部にくくりつけている革袋のひとつからレインスーツを取り出すとしぶしぶ袖を通し（それというのもレインスーツはしぶしぶ着るものだから）、ブーツカバーも悲嘆とは言わないまでも無念の思いで装着し、ぴったり上までジッパーを引きあげたことだろう。職場までの道のりが心躍るものにはならないだろうとわかっていて、それは六月の朝にバイクを走らせることに期待できるものとはまるで正反対のライドになるはずで、そこには陶酔もなければ安らぎもなく、想定外の事態を楽しむ余裕もないのを承知していたはずだ。そう、彼は憎たらしいあのビニール製のレインスーツを着こんでいたせいで思うように身体を動かせなかっただろう。レインスーツはヌーヴィル＝シュル＝ソーヌで毎月第一日曜日に開催されるバイク用品の蚤の市で買ったもので、私たちは店では高くて買えないアクセサリーやパーツを手に入れるために、と同時に掘り出し物を探しあてる楽しみと、ほんの一、二時間、普段ほとんど付き合いのないコミュニティの一員となる喜びを味わうためにときどきあの市に足を運んでいた。

クロードはギアを一速に入れ、水しぶきのなか車道に出ると、難破船のようなありさまで音楽ライブラリーまで走り、着いたときには少々情けない出で立ちになっている。その日は同僚たちを羨ませることはなく、道で通りすがりに振り返る若い女性もおらず、彼のシルエットからはあのロックンロールの刻印も消えている。駐車場の所定の場所にバイクをつなぐと、水の滴るレインスーツ姿で歩を進め、詰め所にいた守衛に廊下のどこかにレインスーツを乾かせる場所がないかと尋ね、ふたりで天気について連帯を深める会話を交わし、でもきょうは夏の二日目だよな、それにしても昨日の夏至の〈音楽の祭典《フェット・ド・ラ・ミュージック》〉が雨降りにならずによかったよ、などと話したあと、雨はそのうちやむさとふたりして断言し、そして実際、雨は長くは続かず、二時間後には気圧が変わり、雨脚が弱まるのと同時に少し北風が吹きはじめ、それはかすかであっても申しぶんがなく、というのも雨雲を散らすにはじゅうぶんだったからで、すぐに太陽が顔を出してまばゆく輝き、アマツバメたちがまた建物のあいだをぐるぐると果てしなく旋回し出していたので、正面壁《ファサード》に反響していたその鳴き声は、夏を迎え入れようとクロードが開けた窓を通じてオフィスのなかに飛びこんでくる。

けれども、あの六月二二日火曜日は晴天だった。あの時期としてはふつうによくある晴天、と言えそうな。そしてクロードは、メルシエ一族の家まで坂をのぼったのだった。

20　もしもクロードがオフィスを出る直前に聴いた曲が、デス・イン・ヴェガスの「ダージ」ではなくコールドプレイの「ドント・パニック」だったなら

クロードが黒とゴールドの巨大なホンダのバイクで職場に着くと、巨大な客船のようなリヨン市立図書館の詰め所にいた守衛は少々あっけにとられながらもヒューと口笛を吹き、〝あんた、ル・マンの耐久二十四時間レースに出るつもりか？〟と、車とバイクをいっしょくたにしたジョークを飛ばした。

クロードの職業生活のスタートは不本意なもので――兵役を終えたとき自活する必要に迫られたため、フランス銀行の手形交換部署で働き出した――、本人の自嘲の言葉を借りれば〝ズレた〟仕事に就くことになったのだけれど、彼はあるとき音楽ライブラリーでポストが新設されるという情報を耳にした。音楽ライブラリーは彼が利用者（この言葉に彼はなぜか鼻白んだ）として足繁く通い、土曜日によく私を連れていった場所だった。

どうか思い出してほしい。インターネット以前、音楽媒体はCDとレコードに限られていて、複製するにはカセットテープを使っていた。好きなときに好きな音楽を聴くことはできなかった。

ベルナール・ルノワールがラジオで曲を流してくれるのを、ロック評論家のアルノー・ヴィヴィアンやJD・ボーヴァレ、バイヨン、ミシュカ・アサイヤスが教え導いてくれるのを待たなければならなかった。クロードと私はメルシエール通りやクロワ＝ルース地区の坂道にあるレコードショップに入り浸って散財し、さらには輸入盤を法外な値段で注文したものだ。アメリカやイギリスから商品が届くまで数週間もかかることがあり、到着するのを子どものように待ちこがれた。そしてCDやレコードを週に三枚まで借りられる音楽ライブラリーにせっせと足を運んだ。

幸せを生み出していたもの、それは選択の乏しさと選択を過《あやま》つことへの恐れだった。借りようと思っていたCDやレコードが貸し出されていたせいで偶然に得られた発見だった。心に疼き、待たされることで掻き立てられる渇望だった。幸せとは、欠乏と希少性だった。

クロードは切望するこの新設のポストをなんとしてでも手に入れようと、クラシック音楽とポピュラーミュージックの歴史について学びはじめた。銀行の仕事を辞めて音楽の世界にどっぷり浸ることを可能にしてくれるこの公職に就くには、選抜試験を勝ち抜かなければならなかったからだ。そして奇跡的にこのポストを勝ち取り、そのあと年月を経て一部門を率いるまでになった。それもチェルシーブーツとライダースジャケットという出で立ちのままで（これは銀行では考えられないことで、彼は女性上司に、スニーカーを脱いでちゃんとスーツを着るよう命じられた）。

音楽ライブラリーで彼は購入品目を決め、目録づくりと試聴にいそしみ、レコードをCD化する作業をおこない、ラップ（大流行していた）のセクションとエレクトロのコーナーを設けようかと思案し、アルバムのそれぞれをどのカテゴリーに入れようか、ハウスかジャングルかと迷い、分類方法を見直し、しばらくするとその分類はもう時代遅れだと判断して仕分けを改めた。そのいっぽうでチームミーティングを計画し、得意ではない人事管理をつつがなく進め、彼を一部門のディレクターに押しあげた組織のピラミッドが要求するところの仕事をこなさなければならなかった。さらに、ときどき休暇を取り、ロックの多様な潮流について見識を深めるためボルドー、アルル、ナントへ赴いた。夜は自宅でアルバムを聴き、メモを取り、気に入った曲を私に聴かせた。それは彼の生きがいのひとつだった。発見し、発掘し、聴いて聴いてまた聴いて、そして伝えることが。

なかでも私の記憶に深く刻みこまれているのは、クロードがドミニク・Aのファーストアルバム『えくぼ』を持ち帰ってきたときのことで、あのとき彼は私に動くなと、つまりキッチンの小さなソファに座ってただ聴くことだけに専念しろと命じた（あのときの言葉はまだ憶えている）。ふたりで肩と肩をくっつけ合って座り、「鳥たちの勇気」の出だしを耳にしたとき思わず目を見合わせたことも。これは数ある曲のなかから私たちの歌、私たちの絆の徴《しるし》、私たちの秘密の合言葉でありつづけることになる。世代全体のシンボルになったのと同じように。そしてその夜、夕食をすませ、当時一歳半になっていなかった息子を寝かしつけたあと、ドミニク・Aのアルバムを何度も何度も繰り返し聴いたのを憶えている。驚きと強烈な興奮に酔いしれながら。

火曜日。音楽ライブラリーの時計はもうすぐ一六時を指すところだった。机の上にはまだ数枚のCDが載っていて、その日の仕事納めに聴く曲としてプレーヤーにセットされるのを待っていた。アラン・バシュン、ダフト・パンク、コールドプレイ、デス・イン・ヴェガス、プラシーボ、レディオヘッド、マッシヴ・アタック。クロードは時計を見据える。最後の曲を選ばなければならない。オフィスを出る前に、視界にいる同僚たちに合図してそっと姿を消す前に聴く、あまり長くない一曲を。路上に出る前に聴く最後の一曲を。〝最後の〟という言葉がこれほどぴったりはまる状況はないだろう。クロードは音楽ライブラリーを恰好のタイミングで出られる曲を選ばなければならなかった。なにしろ学校に遅れるわけにはいかない。息子が待っているのだから（実際には待ってはいないのだけれど）。

彼は誰もが終業前によくやる、「あとひとつ、これを終わらせてから」のエキスパートだった。メールを一通書いてから、電話を一本かけてから、クライアントのひとりに会ってから。その日の最後の仕事としてなにを選ぶかは、それに要する時間をもとに決める。そのいっぽうで、そうやってねじこんだ仕事がいやおうなく遅延につながることも知っている。先取りが遅刻へと変わってしまう。なぜなら勤務中は――とくに一九九九年当時はまだマイナーではあったけれど電子メールが登場してからは――、氾濫する川のごとく仕事が次々に押し寄せ、息をつく暇もなく、一分たりとも無駄にできないのがあたり前だったからだ。とりわけ一日の終わりはひどく、その時間帯には例外なく、対処しなければならない緊急の用件、なんとしてでも片づけなければならない難題、調整しなければならないアポイントメントに直面した。必ずかかってきてしまう電話にも。

言い換えれば、早めに職場を出られることなどなかった。そんなケースは存在しなかった。公的機関の一部の部署においてさえも。

いちばん短い曲はコールドプレイの「ドント・パニック」で、三分二十七秒。リリースされたばかりのアルバムに収められていて、メルシエール通りのレコードショップからいましがた配達されたダンボール箱に入っている。けれどもクロードは五分四十四秒かかるデス・イン・ヴェガスの「ダージ」（この曲が数カ月後、リーバイスの伝説のCMに使用されるのを彼が知ることはない）にそそられた。彼はこの二分の差が生み出すジレンマを頭のなかで転がした。こんなもの、ないに等しい差じゃないか、けちけちしないで笑い飛ばせ。たった二分だろ。人生のスパンで考えれば、いや、一日のスパンで考えてみても、いったいどれほどの違いがあるって言うんだ？　二分。途中で音楽をストップさせれば、あるいは帰り道で少し飛ばせば、楽に挽回できる。とはいえ街中は信号だらけだから、飛ばしたって意味はない。クロードはそのことを承知していた。長いあいだ自転車に乗っていたから（彼の自転車はまだうちの中庭にある）、バイクも自転車も帰りの上り坂を別にすれば所要時間は同じで、耐え忍ばなければならないことに気づいていた。耐え忍ぶ《ス・ファデ》。クロードがよく口にしていた動詞で、アルジェリアから引き揚げてきたあと各地を転々とした彼の家族のあいだで使われていた下町言葉の名残だった。

　けれどもきょうはホンダの９００に乗るから帰りは十五分もかからないだろうし、それにたとえ学校の終業ベルが鳴ったあとに着いたとしても大事にはならないだろう。お迎えの最後のひとりになるのは、働いている親なら誰もが経験することだし（先述したとおり）、とにかく働いている親はみな、誰かしらほかの子の親が見守ってくれるから、子どもが歩道にぽつんとひとりで取り残されるような事態には決してならないと知っていた。それでもやはり心配ではあり、少々気まずくもあり、今度は私の番とばかりに互いに借りを返し合っていた。この前きみんちでおやつ食べたから、今度はうちで遊ぼうよ、の要領で。

というわけでクロードは「ダージ」を聴くことにしたのだけれど、正直、この点について確証はなく（これはクロードから数メートル離れたところで働いていて、彼がCDをケースに戻すところを見たというエリックの証言にもとづいている）、クロードの最後の日を想像しようとするときに呑みこまれてしまう大きな空白を少しでも埋めようと、あれこれ勝手に仮説を立てているにすぎない。「ダージ」を選べばわずかに余裕がなくなるから、必然的にアドレナリンの濃度がほんの少し高まり、人生のエンジンの回転数が増す。よくあることだ。私たちの時間は遅れがちだから。私は書きたくなった。遅ればせながら。

私は何カ月ものあいだ何度も何度も「ダージ」を聴いた。なぜなら気持ちが（たぶん気持ち以上のものが）この曲に、そしてリチャード・フィアレスが結成したこのイギリスのバンドに向かっていたからだ。私はズキズキと疼くようなこの歌の一秒一秒を把握している。ギターと女性のボーカルで始まるこの曲は、少しずつリズムを呑みこんでいき、やがて歪んだシンセサイザーが加わって広がりを見せ、そのあと少しノイジーなギターの登場とともにギアが上がり、それをほぼ最前列に躍り出てきたドラムが支える。私はそれぞれの層《レイヤー》に耳を澄ました。聴く人にストップボタンを押させないあの強烈な個性を醸し出すいくつかの音の繰り返し（ファ、ミ、レ、ファ、ド、レ）はそれらのレイヤーによって増幅、補強され、存在感を増す。私は相手かまわず断言している。「ダージ」を聴きはじめたら最後、途中でやめることはできない、と。それは以前から思っていたことで、あの曲を停止するのは官能の昂《たかぶ》りのなかで行為を中断するような、エクスタシーが訪れる瞬間に照明をつけてしまうようなものだろう。特定の音は幾度となく繰り返されながら段階的に上昇し、飽和と慄きの一部となった私たちを安らかな惑溺に突き落としてどんどん遠くへ連れ去っていく。曲調はサイケデリックであるのと同時にパンクで、それを包みこむのが、このままずっとくるまっていたいと思わせるコットンのようなたっぷりとした厚みだ。あまりにもいい。

そしてそれが問題なのだ。

ほら！　音楽を切って！　聞き惚れている場合じゃない。

荷物を持ってさっさとオフィスを出なさい。

もしもクロードが〈ル・モンド〉紙に記事を頼まれていたら、どう書いただろう。ラララ、ラララしか歌詞のない五分四十四秒のこの曲をどう扱っただろう。彼はつねづね音楽について書くのは不可能だと言っていた。グリール・マーカスやレスター・バングスなど、ロックにお墨付きを与えてその価値を高めることに成功したアングロサクソンの伝説の評論家たちの着想豊かな記事は彼にとって衝撃で、その驚きから覚めることはなかった。白状しよう。私は「ダージ」を紹介する先の箇所を、クロードを驚かせようとして書いた。最後にもう一度。少なくとも彼に笑ってもらいたくて。私の必死の骨折りと、表現にこだわった悪あがきを。

彼は文章がうまかった。私を夢中にさせるあの才能をそなえていた。記事の草稿を読んでくれ、とよく頼まれたものだ。きちんと明快な文章になっているか確信が持てないときに。少々大げさなメタファーを用いていないか不安なときに。夜、アパルトマンでキヤノンの電子タイプライター、S－50のキーボードを打ち、たぶん、プリントアウトしたものを新聞社に自分で届けていたのではなかったか。私がずっと開けられずにいた引っ越し荷物のダンボール箱の底にはフロッピーディスクが長いあいだ眠っていた。あれらはいったいいつのものだろう。クロードが一台目のコンピューターを買ったあとか。いまでは記憶がすべてごちゃまぜになっている。

一五時五五分、クロードはようやくオフィスのドアロへ向かった。わざわざ同僚たちに声をかけることはしなかった。彼らはクロードが語り草になるほどの遅刻魔なのを知っていた。そして週に二度、彼が自分たちより先に帰ってもなんとも思わなかった。クロードはジャケットを羽織りながらドアを開けた。私はリュックサック、鍵、ヘルメット、グローブをいっぺんにつかんで抱え持ち、自分を一階まで運んでくれるエレベーターのボタンを、あいている指一本で押そうとしている彼の姿を想像する。クロードはエレベーターが降りてくるまで数分もかからないことを願う。待たされるのはしょっちゅうだったから。上階で止まってしまうことなどあってはならない。たとえばギィが働くアーカイブを収めたフロアなどで。ギィはあの日クロードがランチを一緒に食べた同僚で、最後の食事の様子や私の知らないほかのさまざまな事柄を詳しく伝えてくれることになる。

　クロードは一階に着くと、同僚のときとは違い今度はきちんと守衛に挨拶した。守衛がホンダのバイクの見張り役を務めていた可能性もあるのだが、実際に会いに行って確かめることまではしなかった。そしてこの男性は、こりゃ凄いと驚いたのか、おい大丈夫かと不安に思ったのか、そこのところはさっぱりわからないのだけれど、とにかくクロードがヘルメットをかぶり、真新しいリュックサックをしっかり背中にくくりつけ、電動スターターのボタンを押してあの怪物バイクのエンジンを始動させるのを目にした。ちなみにあとで返してもらったこのリュックサックのなかには、ステンレス製のどっしりとした盗難防止チェーン、コールドプレイとマッシヴ・アタックのCD、息子のために借りたバンドデシネ（フランス語圏のマンガ）の〈クックとプッケ〉シリーズ（作者は〈タンタン〉で有名なベルギー人のエルジェ）の二冊、封切りされたラリー・クラーク監督の『アナザー・デイ・イン・パラダイス』のワンシーンを表紙にあしらった〈レザンロキュプティーブル〉誌の一九九九年六月号が入っていた。それからクロードはバイクをまだ停止させたままスロットルをまわしてエンジンを吹かせ、窓の向こうにいる、というよりもおそらく玄関先に出て六月のもわっと生暖かい大気に包まれている守衛に、自分が筋金入りのライダーであることを、音楽だけでなくバイクにも精通していることを示した。彼には図書館で働くインテリという顔とは異なる顔があり、詰め所にいる守衛、おそらくクロードが聴くような音楽は聴かず、クロードが読むような本は読まず、高い位置に設けられた小さなモニターを前にして一日を過ごし、顔を上げてそれを見ていたせいで頸椎が圧迫され、なにがしかの慢性的な痛みを抱えていたはずのこの人とも共犯めいた関係を築くことができた。クロードはさらに二、三度エンジンを吹かしながら、百八十三キロのバイクを操作してなんとか鼻先を進むべき方向へ向け、そのあと忘れ物がないかどうか確認した。そして守衛に頭を振って挨拶し、守衛のほうは親指を立てて返答した。また明日。チャオ・アミーゴ、また明日。

ちょうど一六時。結局のところ、早めと言ってもいいくらいの時刻だった。

21　もしもクロードがソシエテ・ジェネラル銀行のATMに三百フランを置き忘れなければ

とはいえ、それほど時間に余裕があるわけではなかった。この日に限ってある場所に立ち寄る必要があり、ほんの少しだけまわり道をしなければならなかったからだ。ギィが事故から数週間後に語ってくれたこのエピソードを、私はどう解釈したらいいのか戸惑った。クロードは昼食をとるためギィとともにラファイエット大通りの角にかつてあったレストラン、〈トゥ・ヴァ・ビアン〉に赴いたのだが、その前にソシエテ・ジェネラル銀行のATMに現金を下ろしに行き、そこに三百フランを置き忘れてしまったのだ。クロードはそのことに〝本日の定食〟とコーヒーの代金を支払う段になって気づき、俺、さっき銀行でカネを下ろしたよな、とギィに確認して彼をおかしがらせた。それというのもクロードが忘れ物や失くし物の常習犯であるのは周知の事実で、たとえば音楽ライブラリーの施設の鍵、つまりあの貸しスペースの鍵の話は冗談のネタになっており、クロードのせいで実際、利用者が入り口のホールでドアが開くまでぎゅう詰めで待たされたことが何度かあったからだ。

すでに六月下旬で、クロードは職場から毎月支給されるレストランチケットをすでに使い切っていたため、最終的にはクレジットカードで支払った。けれどもまずはライダースジャケットのポケットというポケットを確かめた。彼は夏の盛りでもライダースジャケットを着こんでいた。それはポケットに大事なものを、財布、現金、各種の鍵束、サングラスのほか、私のあずかり知らないありとあらゆるものを入れていたからだ。けれどもそれに加えてもうひとつ、このジャケットをめったに脱がない理由があった。ある日、私が冗談めかして指摘すると、彼はその理由を教えてくれた。肉づきがよくないからだ、と。彼は自分を弱々しいと思っていたのだが、と同時に、男は広い肩幅とがっしりとした胸板を持たねばならないという、例の世の規範から自分が外れているとも感じていたのだろう。そして私はまさにそこに惹かれた。あの細身の体型、シャープな横顔、あの筋張った美に。

クロードは〈トゥ・ヴァ・ビアン〉から職場に戻るときにもう一度銀行に行こうとしたけれど、時間が押していたので夕方、帰り道で立ち寄ることにした。

一六時。というわけでクロードは、息子を学校に迎えに行く前にまたもや銀行に寄り道しなければならなかった。数分のロスを覚悟して。ソシエテ・ジェネラル銀行は帰り道と垂直に交わる通りにあり、その通りは確かに一方通行だったのだけれど、それでも三百メートルも離れていなかった。そのことはついさっき確認した。

彼は二台の車のあいだにバイクを駐め、窓口に赴く前にヘルメットを脱ぐ。ブザーの音を聞きつけて風除室の自動扉を開けにくる行員を怖がらせないようにするためだ。迎えに出たのは半袖シャツの若い男で――クロードは二十歳のころの自分を見ているような気がしてぞっとする――、その青年は気まずい笑みを浮かべて彼を見る。クロードが真顔で誠意にあふれ、ＡＴＭに取り残された紙幣を誰かに盗《と》られる前に機械がふたたびその腹に呑みこみ、請求すれば銀行がすんなり現金を渡してくれると無邪気に思いこんでいるからなおさらだ。クロードはまず申請書に記入するよう言われ、そのせいでぷつぷつ穴のあいた透明な仕切り板の前にしばし立ち、口座番号、銀行コード、支店コードを書き入れる必要に迫られ、憶えていないそれらの数字を確認するためポケットに入れてある小切手帳を捜し、インクの出の悪いボールペンでそれらを書きこみ、ゼロの数を間違えたために書き直し、そのあといまや電話でなにやら熱心に話しこんでいる行員が戻ってくるのを待つはめになる。なんとしてでも彼に書類を手渡し、スタンプを押してもらい、控えを受け取り、申請を受理してもらわなければならない。それは思っていたより時間のかかる作業で、遅刻するにはじゅうぶんだ。ここまではテンポよく事が運んだというのに、この申請書のせいで遅れが生じ、クロードは胃がかすかに引きつり出すのを感じる。それは、ぐずぐずしてはいられない、もう余裕はない、というメッセージだ。

記入した申請書と引き換えに、つまり数時間前にＡＴＭが吐き出した三百フランをみずからの名誉にかけて絶対に手にしていない旨を宣誓する書面と引き換えに、置き忘れた現金をクロードが銀行の窓口で直接に受け取ることができたかどうか、私はいまもって知らない。それというのも、病院の救命救急室から返された彼の持ち物のなかに紙幣は一枚もなかったからだ。そして私物を返却されたときにはこの取り忘れの件は知らなかったから、現金の有無を確かめることなど思いつくはずもなく、同様に彼の腕時計について尋ねることもできなかった。それにたとえATMのエピソードを知っていたとしても、あのとき食いさがったり疑問を呈したりするため口を開く気力があったとは思えない。当時自分がどんな状況だったかは憶えている。

そもそもクロードがギィに言っていたとおり実際に銀行に立ち寄ったのかどうか、確かなところはわからない。ひょっとしたら、もう遅い時間だと判断したのかもしれない。証拠はひとつもなく、重要なことでもない。三百フランが口座から引き出されていたか確認しようと思ったことは一度もない。それでも私は彼の銀行カードの暗証番号を知っていて、いまだに思い出せる。2599。すぐに確かめられたはずなのに。2599。七月初旬に郵便受けに届いた明細書を見れば確認できたはずなのに。

22　もしも信号が赤に変わらなければ

クロードは銀行を飛び出すと、車の流れに乗ってバイクを走らせ、まずはブロトー大通りに出た。そしてそのまま進み、テット＝ドール公園に並行して延びるベルジュ大通りに行き着いた。彼は瀟洒な館や豪邸が建ち並び、界隈に一軒のパン屋も、角に一軒のカフェもないこの大通りをほどほどのスピードで走ったが、それはその朝、環状線で試し乗りをしたときとはまるで違っていた（この点についてまだ触れていなかったのは、それを語ると話の筋を見失う恐れがあったのと、書ける準備が整っていなかったからだ）。環状線で彼はスピード、接地性、ブレーキのかかり具合、そして人生で初めてこれほどパワフルなレーシングバイクを走らせている自分の実力を試した。事故のあと、そうギィが教えてくれた。あの朝、クロードはホンダのCBR900をメルシエ一族の家から、というより自分の家から持ち出したあと、あのバイクに秘められたパワーを確かめたいと思ったらしい。なにしろ彼は時速二〇〇キロが出るバイクで環状線を走っていて、しかもそこはヴォー＝アン＝ヴランまで速度違反自動取締装置が設置されていない区間だった。

というわけでクロードは、左側の追い越し車線に陣取り、右側を走行する車のミラーにロケットのような勢いで映りこみながら先行車を次々に追い抜いていった（つまりその日の朝、環状線は渋滞していなかったのか？）。そして職場に着くとそのことを誇らしげに語った。青春時代の燃えたぎるような衝動がよみがえっていた。身体の奥深くに沈潜し、戦争でアルジェリアを追われた幼少期以来抱えこんでいた荒ぶる力のようなものが眠っていたであろう暗がりが刺激されていた。本当のところはわからないけれど、おそらく彼は、あの〝生き急げ、太く短く生きるんだ〟というルー・リードの言葉と一体化しようとしたのではないか。口の端に、天使と悪魔の両方を思わせるあの微笑みを浮かべて。死ぬほど魅力的なあの微笑みを浮かべて。あの皮肉っぽい笑みを浮かべた彼の顔が脳裏に浮かぶ。あの笑みを前にして、私は彼に心を奪われた。そしてのちのち、悲しみに理性を奪われた。

いまにして思えば、環状線を突っ走るぐらい、やって当然のことだった。結局のところ、ただ職場に行くためだけに、鼻先で発進するバスやあちこちにある信号を耐え忍ぶためだけにホンダのバイクを拝借したわけではないのだから。彼にはあの原子炉のようなバイクにまたがってエンジンを限界まで吹かし、そのうなりを耳にし、稲妻の速さで疾走するチャンスをみすみす逃す気はなかった。

けれどもそれはもう終わりで、クロードは一日の仕事を終えて自宅に帰るところであり、すでにいつもの日常に戻り、帰宅時にやることですでに頭がいっぱいになっている。仕事帰りにいつも覚える充足感に満たされている。もうすぐまた自分の家でくつろげる。私生活に安心して引きこもり、玄関を抜けるや、誰にも見られずに退行プログラムを始動できる。つまりキッチンストッカーの前に突っ立ったまま、〈コート・ドール〉のチョコレートや四本パックで購入した〈オヴォマルティン〉のシリアルバーを食べ、冷蔵庫の前でしゃがみこんで牛乳を瓶から直呑みする。靴からスリッパに履き替えたせいで、ロックで粋な雰囲気が突如損なわれる。リュックサックを開け、プレーヤーにセットするアルバムを引っ張り出す。『愚か者同盟』（ジョン・ケネディ・トゥール著、木原善彦訳、国書刊行会）と題された本も。ギィに薦められて借りてきたこの本も、返却されたリュックサックに入っていた。

それはもう終わりで、彼は仕事から戻るところであり、万事が落ち着くことになる。彼はバイクを返し、これでおしまいだとばかりに支柱にしっかりくくりつける。私の頭にあるのは、ドミニク・Aのあの苛立たしい曲だ。アルバム『真新しい記憶』に入っていた「仕事」というナンバー。クロードは仕事中にこれを聴いただろうし、そして私のほうは、この曲の歌詞、〝仕事から戻ると、待つ人はいなかった〟の意味を考えすぎて意味がわからなくなった。

統計値は明白だ。重大事故の三件に二件は家と職場を結ぶ通い慣れた道で発生している。完璧に把握しているから危なくないと私たちが考えてしまうこの繰り返される短い移動のあいだに。つまり椿事の欠如が死を招き、客観的なリスクの欠如が最大のリスクになりうるということだ。そもそも私もあの夜パリから戻ってきて事故のことを知らされたとき、それが深刻なものだとは一瞬たりとも思わなかった。毎日繰り返している行為が、これほど悲劇的な結末を引き起こすことなどありえないとでも言うように。真っ先に頭に浮かんだのはよくある自分勝手な考えで、「ったく、引っ越しの間際に事故るなんてどうかしてる、面倒なことにならなきゃいいんだけど」だった。私はかなり腹を立てていた。

クロードは最初の一台としてヤマハ１２５を手に入れて以来、つねにバイクを所有してきた。ヤマハ１２５に乗りはじめたのは十八歳のときで、当時はリリュー＝ラ＝パプの優先市街化区域《ZUP》にある実家で暮らしており、私と出会ったのもそのころのことだ。私が住んでいた団地の前の通りの角を、彼は大きく身体を傾げながら右に曲がり、一旦エンジンを切ったあと、意地悪くふたたびエンジンを吹かせたものだ。たぶん、私の気を惹くために——本人には言ったことがないけれど、エンジン音を聞きつけて私が自室の窓辺に駆け寄っていたのを向こうは知っていたのだろうか。ヤマハの次に所有したのはよりレース向けのカワサキ６５０で、これはリヨンのオペラ座の前、私たちが初めてふたりで借り、やがて追い出されることになるあのアパルトマンがあった小さな通りで白昼堂々盗まれた。そしてそのあと、ヤマハ５００ＸＴを買った。彼はこの大型バイクをこよなく愛し、これに乗って私たちは地元のローヌ＝アルプ地方の道々を隈なくめぐった。そして一九八一年五月一〇日、ヴィラール＝ド＝ランで事故に遭い、私は外傷性脳震盪に見舞われて意識不明に陥り（その日に実施された大統領選挙で、ミッテランとジスカール・デスタンのどちらに投票したか記憶になかった）、グルノーブルの大学病院センターに短期間入院した。そのあと自転車時代を経て、例のスズキの650サベージをクロードとしては初めて新車で購入し、彼はそのクールな魅力と走りを大いに気に入っていたのだけれど、私はそれを一九九九年の夏、シャンベリーから来た青年に売らなければならなかった。私はその人に、バイクを手放さなければならない理由を明かそうとはしなかった。そしてほかにも私の記憶から消え落ちた幾多のバイクがあった。それらは相次ぐ盗難や保険会社との行き違いを引き起こし、そうしたバイクをめぐって、私がそこここで小耳に挟み、そのおかげでかなり興味深い専門用語の数々を仕入れることになった会話が交わされた。そしてそれらの歴代のバイクを通じてクロードは、車の邪魔にならないよう気を遣いながらもこれに抗い、とくに渋滞を始めとするありとあらゆる形態の服従に反抗する男としてのスタイルを確立した。そこにはもちろん高速道路の通行料金に対する闘いも含まれていて、クロードはいつも、彼にとっては人を愚弄しているとしか思えない請求額を支払うことなく料金所を通り抜けた。

彼はベルジュ大通りを、いわばごくふつうに走行した。つまりライダーが通常するように、車列のあいだを縫って走った。ライダーにとって車の背後でじっとしているのは耐え難く、車を追走するのは我慢のならないことだった。彼はせっかちなミツバチとなって車の左側でブンブンうなり、滑らかなスラロームを披露し、何度か危険運転を犯し、いっとき車の後方にぴたりと張りついてから消え去った。クロードは楽しんだ、と私は考えていて、そしておそらくそう願っている。彼はこのバイクの出足のよさ、タダオ・ババが設計したキャブレターの反応性を大いに活かし、衝動をこらえてパワーを抑え、夕方のこの時刻、当時は制限速度が時速六〇キロに設定されていた二車線のこの大通りをまだ渋滞することなくスムーズに流れていた車列のあいだを器用に走り抜けるだけで満足した。

彼は蜜を漁りながら、ビズズズと羽音を立てながら（なぜかそんな稚拙な表現が頭に浮かんできた）バイクを走らせた。このバイクならではのエンジン音を耳にするのはおあずけにして。それというのも、周囲の状況がスポーティーな走りを妨げていたからだ。右手でスロットルをまわすことはほとんどなかった。けれども結局のところ、私は知らない。彼はあの地区を流れ星のように横切ったのかもしれない。車の流れなど歯牙にもかけずに、左にわずかに曲がっている直線道路に引かれた無害なシンボルにすぎない白線をほんの少しだけ踏み越えながら。そして私がよく乗っていた――いまでも乗っている――38番バスを追い越した。それはパリでの冒険を終えてリヨンに戻ってきたときに駅から乗っていたバスで、とろとろと進みながら私たちの家があったローヌ川の対岸、モンテ・ド・ラ・ブックル通りの坂の中腹まで私を運んでくれた。

ローヌ川はリヨンの六区と、息子の学校や当時そこから引っ越そうとしていたアパルトマンがあったクロワ＝ルース地区との境界をなしている。市内ではまだ上流にあたるこのあたりの川幅は広く、水は光り輝いている。すぐ手前の川上にはサン＝クレール滝があり、そこでは時期によって多少川の水が泡立つが、その色はつねに、この川の源流が氷河にあることを思い出させるあの白に近い青だ。ローヌ川とその岸辺には六月になると人が押し寄せる。けれども水遊びは禁止されていて、釣りも釣った魚を食べるのも厳禁だ。ＰＣＢに汚染されているというのがその理由で、私はローヌ川の水質汚染が食卓の話題になっていたのを憶えている。この川が運ぶ硝酸塩と重金属とその他もろもろの農薬を混ぜ合わせた物騒なカクテルを私たちは〝ＰＣＢ〟、あるいは〝ピラレン〟という新語でまとめて呼び習わし、これらの言葉は当時、地元紙〈ル・プログレ〉の一面をよく飾っていた。

私はクロードの走りを止める瞬間を、信号を赤に変える瞬間を先延ばしにしている。それはギメ博物館の前にある信号で、この信号がその後の出来事を決定づけることになる。とりあえず私はＰＣＢについて、川辺にいくつか急ごしらえで設けられた小さなビーチについて語る。きらめく川面《かわも》に臨むビーチは、すでに暑い陽射しを求めて草むらを動きまわる若者たち、不倫を楽しむカップル、出会いを求めるゲイ、木々の陰に引っこんで大麻を紙に巻いている学生たちでごった返している。学生たちはそのまま夜までそこにとどまって焚き火を囲み、ギターのコードを掻き鳴らしたりジャンベを叩いたりして、大気を揺るがすその振動がクロワ＝ルースの丘まで伝わってくる。

私はあの信号を赤に変えるのをためらう。なぜならあの信号があと一秒青のままだったら、クロードはなんの支障もなくあの道を、さらにはおそらく彼の人生をそのまま走り、そしてクロードがあの日をどう過ごしたか私たちが知ることはなく、あの日はほかの日となんら変わりのない、特別視されることも記憶に残ることもない一日となり、一切の疑問も物語も生み出さなかったはずだから。夏のときめきを抱えた一日、あの艶めく夕方のすでに生暖かい風に吹かれながら私たちが半袖で入りこむ一日、学年度末を、大いなる解放を、引っ越しを、ついに始まると確信している新しい人生を直前に控えた一日でありつづけただろう。これは私の個人的な印象であり、引っ越し直前のあの日々をそんなふうに捉えていたのは私だけだったのかもしれない。私はあの家に移り住むことを、より大きな可能性を秘めた広大な地平へと向かう出発点と見なしていた。私たちの大人としての人生がようやく自分たちに見合ったサイズとなるためには、この間《かん》ずっと辛抱強く待ちつづけ、自分たちにふさわしい場所を見つける必要があったのだとでも言うように。あのときクロードは四十一歳で、私は三十六歳。私たちは先を急ぐタイプではなかった。というか、いつも先を急いでいたわけではなかった。

ちなみに世界初の信号機は一八六八年にロンドンに設置された回転ガス灯方式によるもので、ブリッジ・ストリートの角を横切る列車を停止させるために導入されたそれは、歩哨に立つ警官によって操作されていたらしいのだが、信号機が世にお目見えしてからこのかた、それらがいったいどのように作動してきたのか、私にとっては謎でしかない。けれどもこんにちにおいては、車の流れをできるだけ円滑にするため技術者たちが交通量調査にもとづいて信号機を調節していることぐらいは察しがつく。私は車を運転しているとき、大通りにある信号をどれも青で通過できるよう速度を変え、アクセルをあまり踏みこまないようにするのが好きだ。そうして信号が次々と青に変わって目の前にレッドカーペット（そう言っていいのかわからないけれど）がするすると繰り出される楽しみを味わい、私という人間と電子ボックスに収納された機械との完璧な調和を図る。飛ばしても意味はなく、前方で道が開くのを待つだけでじゅうぶんで、それは神秘の喜びだ。

この信号機というものに私は長いあいだ関心を寄せてきた。それというのも近年、これはもちろん都会より田舎で顕著なのだけれど、円形交差路《ロータリー》のほうが好まれる傾向にあるからだ。まるで車や人やモノの流れを止めたり、ポーズを置くことはもはやできないとでも言うように。あるいはネット上で昼夜を問わず情報を垂れ流さずにはいられないのと同じで、現代人はみずからの衝動を中断することに我慢がならないとでも言うように。信号機はいわば反動的な動物で、そのドアは無制限に開いているわけではなく、閉じているときに通り抜けようとすれば痛い目に遭わされる。それは閉ざされた国境、訴訟不受理事由のようなものだ。自由貿易、商品の自由な取引（これこそが問題だ）、通貨やイデオロギーの自由な往来は、赤信号さえあればなんでも停止させられるという概念を遠くへ追いやってしまった。それにしても私は、話を脱線させている。

というわけで、ギメ博物館の前にある信号がなんの前触れもなく唐突に黄色に変わったとき、クロードはその百メートル手前にいた。ここまでの走りはまるでベルベットの上を進んでいるようで、〈ブラッスリー・デ・ブロトー〉の前でも、次いで〈クリニック・デュ・パルク〉（この病院は移転した）の前でもスピードを落とさずにすんだから、彼はこのまま突っ走りたいという誘惑に駆られるが、たとえここで信号を無視しても、客観的に見て誰も危険な目に遭わなかったはずだ。なぜなら、ベルジュ大通りにぶつかるボワロー通りから交差点に近づいてくる車は一台もなかったのだから。彼はほんの一瞬迷ったあと——進むにせよ止まるにせよ、先行車に突っこむ危険を冒さずに加速するか、後続車に突っこまれる危険を冒してブレーキをかけるか、とにかくなんらかのアクションが必要だった——、分別を保たなければ、と考えたのだと思う。それは彼の身体のなかにまだ、その日の朝に冒した危険運転の刺激的な味わいが残っていたせいだ。結局、禁止事項を押しつけてくる権力に最後の最後で従うことにしたとき、クロードは神経をささくれ立たせる小さな苛立ちのようなものを覚えたのではないか。おそらくほんの微かに。歯のあいだから吐き出した彼の控えめな悪態が聞こえてくるようだ。それはシフトダウンをして減速しはじめなければならないせいであり、スロットルを閉じるのと同時に喜びを断ち切らなければならないせいでもあった。そうして、あきらめる人間の、引きさがる人間の欲求不満に身を委ねる。ドライバーと同じ憂き目に遭うことになったライダーの欲求不満に。そして全員がスタートラインで静止する。あえて言えば去勢されたかのように従順に、みながみな、みずからに定めたスケジュールに遅れながら。

当時、携帯電話はなかった。車のシートに置き、ちょっとした空き時間が生まれるたびに、車列が動かなくなるたびに、画面に目をやることになるあの電話はなかった。あったのは待ち時間を満たすのに必要な忍耐と、頻繁に切り替えられるカーラジオ局と、前髪を直すために下ろすミラーつきのサンバイザーだけだ。けれどもライダーにはこの無理やり課された三十秒の静止時間のあいだ、なにもすることがない。通りすがりの女の子を眺めるか、あるいはリュックサックがしっかり固定されているか、腕時計の時間が狂っていないか確かめる以外には。ところがいまでは携帯電話を確認し、グローブをはめた手でなにやら打ちこんでいるライダーを私はときどき目にして微笑ましく思っている。

ところで白状すると、いまや赤信号で止まるのは二重の痛手になってしまった。それは貧窮した人、ホームレス、難民たちが信号待ちの車に寄ってきて窓越しに懇願するようになって以来のことで、あの人たちは、おそらく彼らの生活を支えているのであろう新聞を売りつけるために、あるいは最終的には誰の懐に入るのかよくわからないいくばくかの小銭を、私たちがまるで新種の通行税や通行料を支払うように手渡しているあれらの小銭を集めるために近づいてくる。クロードはよく、ライダーはなにも要求されないと言っていた。世間はライダーを自分たちとはまったく別の存在、往々にして眉をしかめたくなるような装備に身を包み、案山子《かかし》のようにふるまう謎の種族と見なしている、と。だってほら、潜水作業員や養蜂家や月へ旅立とうとしている宇宙飛行士に話しかける人なんていないだろ？　ライダーは俗に、顔も言葉もカネも持たない連中だと思われてるのさ。

クロードはギメ博物館の前にごくふつうに、慎重に停止した。最前列に陣取り、再発進にそなえながら。左に頭をめぐらすと、教師に急かされて博物館から出てきた若い思春期の子どもたちが見えた。子どもが生まれてから、クロードと私はわが子に世界が抱え持つ驚異の数々を見せようと、冬の日曜日に何度かこの自然史博物館を訪れていた。ガラス屋根を戴く最上階のフロアにはスカラベなどの甲虫目や蝶の標本ボードが並んでいて、巨大なシャチの骨格標本を目にしたときには息子が私たちに、シャチは海でいちばん恐ろしい捕食者で、そもそもその学名は「死を与える者」を意味する〝オルキヌス・オルカ〟だと教えてくれた。そのほかアンテロープや狼の剝製をはじめ、地下室には古代エジプトのミイラもあった。さらにエミール・ギメが極東を旅行したさいに持ち帰ったと思われるアジアの面《マスク》も展示されていた。東洋芸術を専門とする、このリヨン出身の実業家で偉大な蒐集家でもあったギメが生まれたのは一八三六年の六月二日で、クロードと誕生日が同じだ（どうでもいいディテールだけれど、私はディテールのひとつひとつに意味を見いだそうとする）。ギメは博物館の創設に尽力し、ここは調和とくつろぎが味わえるリヨンの名所のひとつとなったのだけれど、いまでは閉館し、そのコレクションは現代世界との融合を図るため、新設されたコンフリュアンス博物館に移された。

そうしたことをクロードは知らない。けれども彼なしでまわりつづけるこの世界について彼の知らない出来事を列挙しはじめたら、リストは長大になるだろう。

クロードは中学生たちがたむろしている博物館のエントランスのほうに目を向けながらただ単に、館内を満たす柔らかな光を思い出したのかもしれない。あるいは、一階のスペースを占拠しているマンモスの巨大な骨格標本を。あるいは、リリュー＝ラ＝パプで過ごした自分の中学生時代を。私たちの世代は子どものころ博物館に連れていってもらうことなどなかったから、教師たちに急かされる場所は博物館ではなくて学校の階段だった。

間近に迫った夏休みに胸を高鳴らせている思春期の子どもたちの集団を前にして、彼の人生をも停止させることになるあの信号に足止めされた彼の頭に浮かんだ最期の思いがなんだったのか、私には知るよしもない。二十世紀も最後に差しかかったあの六月二二日火曜日の一六時二四分、彼の頭のなかにはどんな思いがよぎったのだろう。

彼は鼻歌を歌っていたのだろうか？　視聴したときから彼の頭のなかでおそらく際限なく再生されていたであろうデス・イン・ヴェガスの「ダージ」のあの三つの音を口ずさんでいたのか？それともイギー・ポップの「アイ・ワナ・ビー・ユア・ドッグ」を？　それはクロードのお気に入りの一曲で、彼はよくそれを歌ったものだ。キッチンのテーブルにつき、イギーがリズムを刻むのに使ったガラスが割れるような効果音を再現しようとナイフで瓶を叩きながら。すると息子がはしゃぎ、自分も瓶を叩こうとするので、クロードはリズムの一部を担当させた。ロックンロールの遺産を伝えようとするのと同時に、まっとうな音楽教育の一環として。

クロードは信号が青に変わるのを待った。ローヌ川までおよそ三百メートルと目測される最後の直線コースに取りかかるために。そしてブックル橋を渡り、学校への坂道をのぼる。坂道にはウジェーヌ＝ポンス通りという名前がついていて、その通りはクロワ＝ルース地区の住人に、道幅の狭さと、建ち並ぶカニュの正面壁《ファサード》と、毎朝八時から九時一五分にかけて下り車線で発生する渋滞と、坂の中腹、ちょうどカーブの手前にある小学校と、蛍光ベストを着て児童の横断を誘導し、子どもたちから〝道を渡らせてくれるおばさん〟と呼ばれている女性と、校門の前に詰めかける親たちと、ドライバーをひやりとさせる子どもたちの群れで知られている。

クロードは待った。学校まであとわずか五分。彼はもしかしたら、隣に止まっている車の助手席の女性が鏡をのぞきこみ、口紅を塗り直す必要があるかどうか確かめているところを眺めていたのかもしれない。けれどもむしろ私の頭に浮かぶのは、一メートル前方で地面に両足をぴったりとつけているクロード、長い両脚でバイクをしっかりと挟みこみ、アスファルトの路面を踏みしめている彼の姿だ。左足はギアを一速に入れる準備が、左手でクラッチを切るのと同時にセレクターを踏み押してギアボックスをカチリと作動させる準備ができている。そしてそのあとスロットルをまわし、停止している車を置き去りにする。

クロードは待った。そして私は自問する。いったいどのような謎の力が、どのような見えない力が、彼をその場にとどまらせ、彼が発進するのを、百メートル先に待ちかまえているあの危険にみすみす飛びこんでいくのを防ぎえただろうか、と。

走り出してはいけない。


いつ止まり、いつ走るのか、当人に代わって勝手に決めてしまうあの赤信号が押しつけてくるゲームに加わってはいけない。そのままそこにいて、博物館の階段でおしゃべりをしている中学生たちを眺めていなさい。そのままそこにいて、心によみがえってきた思い出に、あなたを優先《Z》市《U》街化区域《P》に、モハメド・アミニの隣に座っていたあの教室に連れ帰ってくれる思い出にふけっていなさい。のちにロックバンド、カルト・ド・セジュールのギタリストになってあなたを人生初のロックのライブに招待してくれたモハメドは、私がこれを書いているさなかに亡くなった。あなたの友人だったラシッド・タハも、同じバンドのボーカルで、あなたと同じ年にアルジェリアで生まれたあの人も死んでしまった。

そのままそこにいて。動かないで。

とどまるべきか、《シュド・アイ・ステイ・》行くべきか。《オア・シュド・アイ・ゴー》ザ・クラッシュのリーダー、ジョー・ストラマーは、一九八二年に発表されたアルバム『コンバット・ロック』でこう歌った。この曲「ステイ・オア・ゴー」をクロードはそらで憶えていて、これに合わせて踊ったものだ。あの独特の身ごなしで。彼のしなやかな身体には、タイトなズボンを穿いた脚と腕を交互に前に突き出すニュー・ウェイブ風のダンスがまだ染みこんでいた。

もしもパリの出版社に赴く日が当初の予定通り六月一八日金曜日で、六月二二日火曜日に変更されていなければ。もしも弟がバイクの駐め場所に困っていなければ。もしもメルシエ一族が、彼らの家を売ってくれという私の頼みに応じていなければ。もしも私たちが家の鍵を事前に受け取っていなければ。もしも私の母が弟に電話をしていなければ。もしも私が息子をヴァカンスに連れていくという弟の申し出を断っていなければ。もしも私がパリからクロードに電話して、息子を学校に迎えに行かなくていいと伝えるのを怠らなければ。もしもクロードが弟のバイクを持ち出さなければ。もしも彼が銀行のATMに三百フランを置き忘れなければ。もしも彼がオフィスを出る間際に聴いたのがコールドプレイで、デス・イン・ヴェガスでなかったならば。もしもタダオ・ババがこの世に存在していなければ。もしも日本とEUの自由貿易協定が締結されていなければ。もしもあれほど天気がよくなかったならば。もしもドゥニ・Rが父親にシトロエン2CVを返しに行かなければ。もしも信号が赤に変わっていなければ。ああでなければ、こうでなければ。ああしていなければ、こうしていなければ。

そしてもちろん、クロードは走り出した。

クロードはギアを一速に入れた。周囲にいた人たちはなにも目にしなかったが、バイクが加速する鈍い音は耳にした。誰もなにも目にしなかった、いつものごとく。散歩をしている人たちは、その目で、その感覚器官で、いったいなにをしているのだろう？　私がいま手にしている警察の報告書は明快だ。クロードは猛スピードで発進した。それはまるで乗っていたホンダのバイクがそのために設計されたとされる日本の有名なレース、鈴鹿八時間耐久ロードレースのスタートを思わせるようなものだったのかもしれない。とはいえ耐久レースのスタートのさいに、押っ取り刀で飛び出す必要などないことぐらい想像がつく。それにしても〝押っ取り刀〟とはずいぶんおかしな言いまわしだ。報告書にはこうも書かれている。おそらくウィーリング効果か。目撃者なし、音だけが聞こえる。

クロードは耳が聞こえないわけではなく、たぶん不本意にも自分自身から発せられるあのノイズも聞こえていた。彼は耳が聞こえないわけではなく、とはいえ数年前から耳鳴りに悩まされていて、その原因のひとつは、彼が足繁く通いはじめた一九八〇年代の始めには音量規制などなきに等しかったライブホールなどで大音量の音楽を繰り返し聴いたことだ。耳鳴りはよく夜間、屋外の騒音がやんで自分の息遣いがそれに取って代わったときに起こった。耳鳴りはひどく不快な音を立て、その特定の周波数の音を頭蓋から出ていかせるため、ときにベッドから起きあがってアパルトマンのなかを歩きまわらなければならないほどだった。

私はいま、私が調べたあれこれのサイトで一部のライダーたちが言及していたあの例のウィーリング効果は決して意図して得たものではなかったと断言できる気がしている。ウィーリング効果、つまりバイクのあの後輪走行は、バイクの重量（きわめて軽い）とその怪物的なパワーのあいだの方程式から導き出される数学的比率によって引き起こされるものなのだ。

おそらく、クロードの家族がよく使う言葉を借りれば〝ほんのちょっこし〟スロットルをまわしすぎたせいで、ホンダのCBR900は意図せず後ろ脚立ちになり、運転者を五つ星ホテル、〈レーヌ・アストリッド〉の前の車道に投げ出したのかもしれない。王妃《レーヌ》アストリッド。北国（温暖化のせいで〝北国〟などとうに失われてしまったが）スウェーデン出身のこの美しい女性は、一九三五年八月に彼女の命を奪うことになるあの自動車事故に見舞われるまでベルギーの王妃だった。事故に遭ったとき彼女は三十歳にもなっておらず、夫であるレオポルド三世と一緒にブガッティのオープンカーでスイスにあるルツェルン湖の近くを走っていた。

私たちは事実、日付、さまざまな出来事の絡み合いのなかに、ありうる偶然の一致、考えられうる徴《しるし》の数々を見いだすことができる。リヨンの街角のアスファルトの上でベルギーと日本とアルジェリアが果たす悲劇的な出会いのありようを目にすることも、注釈をつけることも、意味などないところに意味を探すこともできる。けれどもクロードがホテル〈レーヌ・アストリッド〉の前に投げ出されたという事実は、あるいはあえて言えばアストリッド王妃その人の足元に身を投げ出したという事実は、どう考えてもばかばかしく、でもそれが私の心の痛みをほんの少しだけやわらげてくれる。まるでクロードが墓のなかの王妃のもとに馳せ参じたかのように、まるで交通事故の犠牲者たちのコミュニティというものが存在しているかのように思えるからだ。これは偶発的で孤立した死、つまり人が事故死と名づけ、新聞の社会面で報じられるような死にまつわる問題を永遠に提起する。この死と対をなすのがより崇高で集団的な死、歴史の大きな流れに属する死だ。バナナの皮で滑って死ぬのと、爆撃や圧政の暴力によって死ぬのとでは意味が違う。だから私は仲間を探す。さらにはその死に隠されたパターンを。多かれ少なかれ妄想によって捻じ曲げられ、精神分析的に、と同時に社会学的あるいは政治的に説明できるなんらかのパターンを。どうしてもそうせずにはいられない。

運転していたアストリッドの夫は、妻が解読に手こずっていた道路地図にみずからも目を向けた。その隙に車は道から逸れ、立木にぶつかり、湖の葦の群生に突っこんで停止した。その事実に私は仲間を得た心強さのようなものを感じるけれど、そのいっぽうで戸惑いも覚える。そして車の運転とバイクの運転には、同乗者の立場からすると共通点はひとつもない、と考える。バイクの同乗者は道路地図を読む人にはなりえない。運転に参加する人にはなりえず、どんな運転行為もその人とは無関係で、しかも吹きつける風のせいで、エンジンのうなりのせいで、どんなアドバイスもその人の口から飛び出すことはない。ときに軽率なあの警告の言葉もない。それは車の場合、最終的にはカップルの声を荒らげさせたり、さらにはこんな脅しの言葉を吐かせたりもする。〝そこで車を止めて。降りるから〟。バイクに乗っているカップルの諍いはまったく色合いが異なる。言葉は共有されず、同乗者はただしがみつき、軽くあれという義務を果たしながら身を任せるしかない。そしてそれは無言のまま怒りに打ち震え、旅程を終えてバイクを降りるや相手にくってかかるのを妨げるものではない。

あの一九九九年六月二二日にもしも私がバイクに同乗していたら、事故は起こらなかっただろう。とはいえ、そもそも同乗することなどなかっただろう。それというのも、ホンダのCBR900にはふたり分のスペースがないからだ。というか、よく見てみると、振動吸収装置の上に貧弱なパッドが一応あるのだけれど、これに尻をつけ、カエルを思わせる不恰好なかまえでバイクにまたがる気には到底ならなかったはずだ。それはバイクで疾走する喜びを運転手にも同乗者にも味わわせてくれるあのゆったりとした体勢とは天と地ほども違う。それを実現してくれるのがたとえばクロードのスズキのサベージで、彼はあのバイクを〝イージー・ライダー〟風にカスタマイズしていた（とはいえ、あれよりもっとずっと地味に）。『イージー・ライダー』。デニス・ホッパーが出ていたあの映画は、アメリカンドリームの再現を試みる大量の模倣者たちを路上に送り出した。夢という言葉がまだ意味を持っていた時代に。

警察の報告書に記載されている事故発生時刻は、一六時二五分。

発生場所は、ベルジュ大通りとフェリックス＝ジャキエ通りの交差点。

フェリックス・ジャキエはいわば知られざる名士であり、知られざるとはいえ特異な経歴を持つ人物であり、リヨンの最初の銀行家のひとりであるのと同時に一八五八年から六七年までリヨン市民施療院連盟の会長を務めた。つまり彼は救急救命室に搬送されたクロードの受け入れに、そうとは知らずにかかわっていたということか。まったくなんとも腹立たしいことに、この街ではすべてがうまくまわっている。

クロードは王妃の足元に身を投げ出し、銀行家に身を委ねた。リヨンではそれぞれの地区にそれぞれの物語がある。機織り工《カニュ》たちの丘、つまり一八三一年（ちなみにこの年にフランスはアルジェリアを植民地化した）に蜂起した労働者たちの丘に住んでいたクロードは、富裕層が集まる洗練された界隈に転げ落ちた。私はこの醜悪な組み合わせになんらかの象徴を見いだそうとするけれど、どんなにがんばっても、私を落胆させる不条理に突きあたるだけだ。いや、そこには理解すべきもの、見いだすべきものはなにもない。乾いた布を絞るのと同じことだ。それなのに……。

23　もしもドゥニ・Rが父親にシトロエン2CVを返しに行こうとしなければ

クロードが音楽ライブラリーを出たころに、事故現場に逆方向から接近してきたシトロエン2CVを運転していた人、つまり警察から渡された報告書のなかでドゥニ・Rと名前が記されているこの人物もおそらく職場を出たのだろう。彼は小学校の見習い教師だった。事故にはまったく責任のないこの二十三歳の青年が運転する車は、クロードがバイクから転げ落ちてそのまま車道を横滑りしていった瞬間、逆方向から低速で近づいてきた。

クロードがちょうど音楽ライブラリーを出たころに、ドゥニ・Rは彼の父が所有し、廃車にするため親に返すことになっていたシトロエン2CVに乗りこんだ。それは息もたえだえのこの車の最後のドライブだった。ドゥニ・Rがあの日ベルジュ大通りを走る必然性はまったくなかったのだけれど、土壇場で気が変わり、彼は週末を待たずにその日の仕事帰りに車を返しに行くことにした。そうすればすっきりすると思ったんだ。数年後に会ったとき、彼はそう教えてくれた。

ドゥニ・Rは父親の車に乗っていた。クロードは義弟のバイクに乗っていた。

私はドゥニ・Rがミュージシャンであること、クロードが聴いていたような音楽が好きなこと、バンドを結成してアルバムを一枚制作していることを知った。十年近く経ってようやく彼に手紙を書く気に、次いで会う気になったとき、私はまず彼のライブに行ってみた。たぶん、あの人なのね、とただつぶやくために。現場を目にした瞳を、私の知らない事柄を目にしたその瞳をのぞきこむために。彼はマチュー・ボガートの前座で歌っていた。クロードは事故の数ヵ月前にマチュー・ボガートにインタビューした。私がそのことを鮮明に憶えているのは、クロードがお土産にあのカナリアイエローのプロモーション用Tシャツを持ち帰ってきて、それを私が何年ものあいだ寝巻き代わりにしていたからだ（完全に色が褪せても捨てられずにいた）。Tシャツにはアルバムのタイトルである〈最高！《シュペール》〉と書かれていた。

ドゥニ・Rはマチュー・ボガートの前座で歌っていた。ということは、会場は〈マルシェ・ガール・ド・リヨン〉だったのだろう。そのあとあの建物も取り壊されてしまったけれど、私がこれを書いているあいだにコンフリュアンス地区の景観を損ねているあの大々的な再開発計画の一環としてぎりぎりでよみがえった。私はマリーに同行を頼んだ。ライブのあと楽屋を訪ね、ドゥニ・Rに会おうと考えていたからだ。けれども結局その勇気は出なかった。幸いにも。

事故のあとドゥニ・Rは何枚かメランコリックなCDを制作していて、そのうちの一枚に「赦してほしい《パルドン》」という曲が収められている。おそらくなんのつながりもないのだろうけれど、私は関連があると考えることにした。私たちは歌詞をいかようにも解釈できる。現実のいかなる配列のなかにも意味を見いだせるのと同じように。

2CVを運転していた二十三歳の青年は応急処置を施してくれた人でもある。それというのも彼は小学校の教師でミュージシャンで、さらにはボランティアの消防士でもあったからだ。そのこともまた、クロワ＝ルース地区のカフェで彼と会ったときに知った。彼は私に、クロードの最期の言葉を教えてくれた。

私はパリ発二一時着の高速列車《TGV》に乗ってリヨンに戻ってきた。芸術橋《ポン・デ・ザール》で開催されていたウスマン・ソウの展覧会を観るのにそれほど時間はかからなかったから、駅のホームまで走らずにすんだ。それどころか、パリのリヨン駅までそのまま徒歩で向かう余裕さえあり、心地よい陽気を楽しみながら、日中の刺激的な出来事の数々をつらつらと思い返した。

リヨンに着くと、ホームを出たところでクロードの同僚のギィが私を待ち受けていた。彼は事故が起こったことだけは把握していたが、容態はまだ知らなかった。彼は私に、肩を怪我した、とだけ言った。私はギィを見て驚きはしたけれど、驚愕したわけではなかった。どのようにして事故のことを知ったのか、ギィに尋ねるという考えは思い浮かばなかった。私もギィも、機械的な行為のなかに投げこまれていた。ギィは、アパルトマンまで送っていく、と言った。けれどもそこに着いたあともそのままとどまった。引っ越し荷物のダンボール箱がひしめくリビングをギィがうろうろと歩きまわっているあいだ、私は留守番電話に残されていたメッセージを確認した。

取り立てて変わったものはなく、ルイのママのクリスティーヌから、マキシムの誕生会のあとうちの息子を彼女の家に泊まらせるというメッセージがあったくらいだ。それと二件の不在着信。ギィは私が勧めたビールを断った。

ギィは様子が変だったが、私は気づかなかった。すべてがおかしかったのに、私は気にならなかった。たぶん、脳がすでに変調をきたしていて、すでに〝拒否〟のボタンを作動させていたのだろう。ギィは、確認のため病院に行こう、と言い出した。なにもしないでじっとしていることに耐えられなかったのだと思う。そう、もちろん、病院に行かなければならなかった。ギィはひとけのないリヨンの通りを運転した。窓を開けてタバコを吸い、私にも手渡し、私も彼と一緒に暖かな夜気に煙を吐いた。まだ闇が完全に落ちておらず、陽の明るさが残っていた。こんなことになるなんて、想像もしなかった。私は刊行間近の小説への確かな手応えに満ちたあのパリでの一日から、来たる秋の文学シーズンへの期待が詰まった一日から戻ってきたところだった。カバンのなかにはクロードに手渡す本が収められていた。封筒に入った『ニコ』。彼が読むことのない小説。

エドゥアール＝エリオ病院に着くと、ギィは入り口の受付まで行った。けれども情報を得るにはまだ時期尚早で、私は車のなかで待ち、相変わらずおかしいとは思わなかった。ギィはそわそわして口数が少なかったが、それはいつものことだ。彼が農民から借り受けたブレス地方の田舎の農家でミッシェル、フィリップ、ベアトリスとともに幾度となく過ごした週末のあいだもそうだった。私たちはもう一度アパルトマンに戻り、もう一度留守番電話を確かめてみたけれど、新しいメッセージは入っていなかった。ギィは私が勧めたビールを断った。彼は電話をかけたがった。そして通話を終えると、言った。大変な状況だ。尋ねる勇気はなかった。たぶん知りたくなかったのだと思う。ギィは表情を閉ざしていたが、そもそも彼はよく表情を閉ざす。野原でキノコを採るときにも、薪ストーブに火をつけるときにも。私はふたたび車に乗り、そのまま身を委ねた。すべてギィに任せた。私たちは車を走らせた。それがとても長い時間だったのを憶えている。

真夜中ごろ、つまり何度か入り口の受付に問い合わせに行ったあと、ギィは私に車から降りるよう言った。履いているサンダルが少し大きすぎる気がして、ストラップを調節しなければならなかった。それからギィに言われたとおり車を出た。ためらいの一刻があり、そのあいだ私はギィが現われて消えるのを、つまり彼がまずその正面の姿を、次いで後ろ姿を見せて消えてゆくのを眺めていた。するとどこから現われたのだろう、ひとりの女性が駐車場にいる私に話しかけてきた。あたりは闇に包まれていた。彼女が救急救命医だとは知らなかった。そしてその女性が、私の人生をふたつに断ち切る言葉を発した。〝手の施しようがありませんでした〟。それは、以前と以後を分ける言葉だった。私の人生に、刃《やいば》のように鋭い折り目をつける言葉だった。それは駐車場でのことで、背景はなかった。彼女の顔は夜に沈んでいたから、あの人だと見分けることはできないだろう。

クロードの死亡時刻を知るのに何週間もかかった。二一時三〇分。病院に電話をするたびに、部署をたらいまわしにされた。一度など、なぜそんなことにこだわるのかと尋ねられた。私にはわかっていた、本能的にわかっていた。けれども確かめたかった。彼が私を待っていたと言ってほしかった。

のちに私は駐車場で会った救急救命医は、ギィの友人できわめて融通のきくあの公証人の妻だった事実を知る。ここにもまた理解すべきことはなにもない。あるのは単なる偶然、物事の滑らかな動きだけだ。

出会い、友情、干渉、手助け。田舎で過ごす週末。めぐり合わせ。するりと流れゆく人生。

理解すべきことはなにもない、それぞれが自分の役割を演じている。それぞれが正当に都会の自分の持ち場に就いている。医師、公証人、小学校の教師、消防士、警察官、ライブラリーの職員、銀行員、司祭。人はそれを社会と呼ぶ。

歯車には油が差されている。それがうまく機能するときもあれば、機能しないときもある。よきにつけ、悪しきにつけ。

ジャーナリスト、葬儀会社のスタッフ、作家。

〝もしも〟、はない。

日食

みながみな、日食について話していた。あなたには想像もつかなかっただろうけれど、誰もが昼ひなかに月の背後に消えるとされている太陽を見るのにふさわしいメガネを探し求めていた。どこでも話題の中心は、タバコ屋やスーパー〈モノプリ〉や市場《マルシェ》の屋台で買えるメガネだった。認証つきのとそうでないのがあって、まがい物は網膜を焼く恐れがあるから避けなければならなかった。あの世紀末の夏、日食のことでもちきりだった。それは最後の夏であり、あなたがいない最初の夏だった。

デザイナーのパコ・ラバンヌはロシアの宇宙ステーション〈ミール〉がパリに墜落して世界が終焉すると予言し、私はようやく自分にかかわるニュースをもたらしてくれたこの人に感謝した。私は彼の言葉を信じたかった、彼が正しいと思いたかった。私たちは結局、ひとり残らず呑みこまれてしまうのだ、みなが等しく平等に。けれども私は、このよこしまな考えを誰にも言うことができなかった。

八月一一日。私には予定がなかった。一〇日、あるいは一二日と同じように。絶望的なまでに空っぽな一週間。私はその長いタイムレンジに、広漠とした空き地を歩き進むように入っていった。それはちょうどテオが二週間のサマーキャンプに行っているときだった。田舎で過ごすそのキャンプにそのまま息子を行かせるべきか、キャンセルすべきかわからなかった。錯乱に混乱までつけ加える必要があるのかどうかが。私たちの暮らしはすでにひどく異常なものになっていた。あなただったら、どうしていた？　どの選択にも理があり、そしてこれからは私がたったひとりで決めなければならなかったから、明確な答えは思い浮かばなかった。結局、なにもせずに予定通りにすることにした。あれこれ悩んで決めたキャンプだもの、このままでいこう、と。私はテオのリュックサックに例のメガネを忍ばせた。少なくとも土産話の種にはなるはずだと考えて。なにしろ私たちは巨大な出来事に打ちのめされ、言葉を失ってしまっていたから。

テオは日食を目にするときおそらく、同じものを見ているはずの私のことを想うだろう。その瞬間、太陽系の真ん中で道に迷ってしまったあの子と私は結ばれる。

テオはおそらくあなたを、月の裏側に消えてしまったあの子の星を想うだろう。

遅くに起床したから、陽はすでに高かった。日食は一一時二二分に予定されていた。22。私には繰り返し現われるこの数字が必要だった。長々とことさらに時間をかけてシャワーを浴びたあと車を出し、両親の家まで走らせた。カーラジオはつけなかった（もう音楽を聴くのは無理だった。私はマルグリット・デュラスのこの言葉、それまでは少々気取った物言いだと見なしていた「音楽がいったいどれほどまで私を叩きのめしうるのか」の意味を身を以て知っていた）。高速道路、ヴァカンス客、トレーラー、モーターボート、カップル、子どもたち、蛇口から出る生ぬるい水のように流れる人生。

　ほかの人たちの人生。

　私は三十六歳で、日食を見るため実家へ向かっていた。パコ・ラバンヌの言葉どおりになるよう願っていた。

　私が突如好きになったこのパコ・ラバンヌは変わった人物で、彼もまた幼くして父親を亡くしていた。スペイン内戦中にフランコ派の手で銃殺されたのだ。パコ・ラバンヌが乗り越えられたのだから、テオにもできるはず、そう私は考えた。ばらばらによぎるさまざまな考えを組み合わせ、連想を働かせて。銃殺された父親と、その二十年後、大人になり、金属とガラスと革からつくった着用不能な十二着のドレスをファッションショーで披露して美意識に革命をもたらした子ども。デザイナーになったその子はショーのモデルに黒人女性を起用した最初の人で、世間の声などどこ吹く風で、七歳のときから幽体離脱をして霊魂の旅を重ね、そのどれもが常軌を逸した別のいくつもの人生を生きた。霊媒師の母と不在の父の幽霊とともにアルジュレス強制収容所（スペイン内戦を逃れてフランスにやってきた人々を収容した施設）に入れられた人生とは別の人生を。

　あの夏、みながパコ・ラバンヌを揶揄し、世間はもちろん彼を笑い者にしようとした。アトランティス人の末裔であるバスク人を名乗り、パリの消滅と世界の終焉を予告した男。それというのもノストラダムスの大予言を信じていたからで、一九九九年は大爆発の年になるというこの予言は、大半の人にとって不都合なものだった。不都合きわまりないものだった。

いっぽう、私にとってそれは解放を意味した。私は車のハンドルを握りながら祈った。一一時二二分に空が掻き曇り、どんどん濃さを増す不穏な闇に呑みこまれるとやがて猛火が広がって地球を松明のように燃えあがらせることを。私はただ、この胸にテオを抱きしめていたかった。


プジョー106のエンジン音を聞きつけた父は、門の向こうから焦れたような様子でやってくると腕時計に目をやり、私を急かした。コーヒーを飲むことも、ソファでひと休みすることも論外だった。元気かと尋ね合うことも（どのみちそんな問いを口にすることはもうできなかったのだけれど）。父は私たち三人のために用意していたメガネを差し出してきた。それは〈ル・プログレ〉紙の定期購読の景品としてもらったものだった。それから自分を真ん中にして母と私をテラスに立たせた。ひらけた場所で少々身をこわばらせ、不自然に静止したままショーの始まりを待っていた私たちは、エドワード・ホッパーの絵のなかの人物のようだった。事故の日以来、彼方を望むのは初めてだった。自分にはもう手の届かないものとなってしまった美を恐れていたからだ（気分転換を図るため従妹が七月にジヴェルニーにある〈モネの家〉に連れていってくれたのだけれど、睡蓮やらなにやらを愛でようとしても私はまだ否認の只中にいて、世界をガラス越しに眺めていた。それはまるで自分の隣に座って旅しているような長い道のりの始まりだった）。

結局のところ、あなたは空にいたのかもしれない。あなたの葬儀の日にオリヴィア伯母さんがテオに言ったように（〝パパはこれから天にのぼるのよ〟。テオの頭にそんな言葉が吹きこまれているあいだ、私の耳にはこんな言葉がささやかれていた。〝あなたを殺さないものは、あなたをいっそう強くする〟（ニーチェの言葉））。私は危険なほど空に目を凝らし、厚紙でできたメガネが運よく私を守ってくれた。

　隣家の人たちが自分たちの菜園に陣取り、両親に手で挨拶した。ツバメの群れが空中を急降下して飛び去った。犬の吠え声がうめき声に変わり、徐々に弱々しくなった。すべてが静まり返った。すべてが重苦しく不穏だった。テラスから熱が引き、影が覆った。熱気が冷気に変わるのを感じた。全身の血管という血管から血が抜けていくような感覚に襲われた。

あれから二十年が経ち、私は白旗を掲げざるをえなくなった。この家を出るということは、あなたを行かせてしまうことでもある。

私を取り巻く自然はコンクリートに変わり、風景は消えていくのだろう。あなたの声がときどき消えてしまうように。

このあまりにも長い旅の果てに。

この狂気の旅の果てに。旅の途上、あなたの死がさまざまな形の崩壊を引き起こした。さまざまな形での再起も、さまざまなあり方でのあなたとの再会も。あなたと私をつなぐ幾多の徴《しるし》、幾多の偶然、幾多の忍び逢いがあった。人には言えない営みがあった。あなたが私のなかに溶けゆくような、私が男と女の両方になったような感覚があった。

家の塗り直しを手伝ってくれた友人が、私の心が決壊するのを防いでくれた友人たちがいた。私が著した幾冊かの本が、とにもかくにもレンガを組むように積みあげなければならない言葉があった。テオがいた。そしてまずはあなたをよみがえらせるために、次いで私たちを救うために発揮したあの子の創意とアイディアがあった。さらには、ほかの人たちが見つめるなか踊った私のあの四十歳の誕生日が。さまざまな〝初めて〟があり、危険が遠のいていく感覚があり、そのあと思いがけないあの強烈な自由があり、それは私をさまざまなチャレンジへと駆り立てた。愛の欠落を抱えるいっぽうで、めくるめく新しい愛があった。ないまぜになった欲望と悲しみが、ありとあらゆるあれらの矛盾が、洗濯機のドラムのなかに投げこまれたような人生があった。

一途な想いと後ろめたさがあった。

大仰な言葉も。

スパークスの曲のように脈打つ二重の人生も。

もう一度荷物を箱に詰め、あなたのCDやレコードを守り、あなたの楽器を梱包しなければならない。

鳥のさえずりはエンジン音に掻き消されてしまうだろう。いつも問題はキャブレターだ。ブルドーザーがやってきて、まだ命あるものを一掃してしまうだろう。

あれから二十年が経ち、私の記憶には穴があいている。あなたを見失ってしまうことがある。

私のなかからあなたを出ていかせてしまっている。

意識を集中させないと、あなたの表情をよみがえらせられないときがある。こんなことになるなんて、想像もしなかった。ディテールのあれこれが心に浮かばなくなるなんて。ある特別なシーンを思い起こさないと、あなたのまなざしを捉えられなくなるなんて。瞳のことではない。あなたの瞳の鮮烈なベルベットの黒は、すぐにまぶたに浮かぶ。そうではなくて、あなたのまなざしだ。私は心のカメラで撮影したあの瞬間をよみがえらせようと、意識を集中させなければならない。私は思い返す。あの瞬間、私はこう思ったのだ――もしも、万が一。

みな、同じことをしているのではないだろうか。イメージを心に刻むことを。〝もしも、万が一〟にそなえて。

あなたはバスルームでしゃがみこみ、洗面台の下のキャビネットのなかを探していた。たぶん、あなたが髪のボリュームを抑えるのに使っていたあのジェルのボトルを（私はあの匂いが好きだった）。それは引っ越しを数週間後に控えたあのアパルトマンでのことだった。私が入ると、あなたはびくっと肩を震わせた。いきなりドアを開けた私に腹を立てているようにも見えた。そして私のほうは、あなたがそこにいることに驚いた。上半身裸の、まるで無防備な姿で。あなたは私を見あげ、わずかに開いた窓から射す光があなたの背中を照らしていた。あなたはとても美しかった。

あなたのまなざしのなかには、頼りなげで見る者の心を掻き乱すなにかがあった。あなたはまるでどこか別の場所からふいに立ち現われたかのようだった。あなたは床の近くにいて、私のほうは突っ立ったまま見下ろしていた。あなたのあの肩と、ティーンエイジャーを思わせるあなたのあのスリムな腕を。ドアを閉める前、私は〝ごめん〟が入った文章の切れ端を慌ててつぶやいた。それは目配せするような〝ごめん〟だった。するとあなたは、あの偽りの恥じらい、共犯めいたあのかすかな微笑みを返してよこした。私はあのまなざしを、意味深長なあのほのめかしを心に刻んで廊下を行き去った。

最後にこう尋ねたときのあなたのイントネーションも心に刻んだ。大丈夫か？　あなたはただそれだけ言った。大丈夫か？　低くて少しかすれたあの声で、不安など微塵もないのを確かめようとするように。

私はいま、ドアを閉めて前を向いた。整理はついた。

私は大丈夫、そう思えていた。

作中で引用された作品

Psychotic Reactions & autres carburateurs flingués, Lester Bangs, Tristram, 2006 ; Souple, 2013.
La folie maternelle : un paradoxe ? de Dominique Guyomard in La folie maternelle ordinaire, sous la direction de Jacques André et Sylvie Dreyfus-Asséo, PUF, 2006.
Sarinagara, Philippe Forest, Gallimard, 2004 ; Folio, 2006.

L'autrice a bénéficié d'une aide du Centre national du livre pour l'écriture de ce texte.
著者は本作の執筆にあたり、国立図書センター（Centre national du livre）の助成を受けた。

訳者あとがき

もしも、あのとき……。

人生のなかでそう自問したことのない人はいないだろう。往々にしてそれは不幸な出来事のあとに沸き起こる、後悔を伴う問いかけだ。

二〇二二年にフランスで刊行された本書『生き急ぐ』（原題：*Vivre vite*、Flammarion刊）はその「もしも」を切り口に過去の痛ましい出来事を振り返る、著者ブリジット・ジローの自伝的作品である。彼女は一九九九年六月二二日、伴侶のクロードをバイクの事故で亡くした。享年四十一。ふたりのあいだには当時八歳のひとり息子がいて、数日後に引っ越しを控えていた……。

実は著者は事故の二年後の二〇〇一年に、クロードの死をテーマにした著作をすでに刊行している。*À présent*（『現在』未訳）と題されたこの短い作品は、事故から葬儀までの一週間の出来事を描いたもので、突然の死がもたらした衝撃、混乱、茫然自失が抑制の効いた淡々とした筆致で綴られている。けれども各種のインタビューによれば、この作品の刊行直後から、クロードの死についてはいずれ改めて書かなければならないという思いがあったようだ。事故当日に乗っていたバイクの問題など、事故をめぐって謎がいくつか解明されないまま残されていたからだ。

しかし結局、この同じクロードの死を扱った新たな著作に取り組むまでに二十年の歳月が流れることになった。これについて著者はさまざまな理由を挙げている。まず、新たに執筆する作品は一連の真実を浮かびあがらせるものでなければならず、そのためには主題と適切な距離を置く必要があったこと。さらに、混乱から抜け出して心身をしっかりコントロールする力と「書く力」をものにしなければならなかったこと。謎を解明するために、個人、集団、社会など多様な分野にまつわる「調査」を行わなければならなかったこと。亡くなった伴侶、およびふたりの愛について書くのにふさわしいレベルにまで自分自身を高めなければならなかったこと。そして、前作とはまったく性質の異なる内容にするために、本書ならではの「形式」を見つける必要があったのだが、それがなかなかうまくいかなかったこと……。

そしてその「形式」を見いだすきっかけとなったのが、不動産業者の再開発計画に伴い、当時住んでいた家から立ち退きを迫られたことらしい。それはクロードとともに買い、彼が一度も暮らすことのなかった家で、買うべきではないサインがいくつも出ていたにもかかわらず、著者がどうしてもと執着して手に入れた物件だった。そしてこの家の立ち退き問題に直面した著者が、「もしも私がこの家を買おうとしなければ……」という、二十数年来心に引っかかっていた思いをテクストの冒頭に置いた瞬間、残りの章を構成するアイディア、つまり「もしも」を軸に作品を展開させる「形式」が立ちあがってきたらしい。作品の構成にあたってはもうひとつ、スイスの造形アーティスト、ペーター・フィッシュリ&ダヴィッド・ヴァイスの ***Der Lauf der Dinge***（『事の次第』）というムービー作品に触発されたとも語っている。これは「過激なピタゴラ装置」とでも形容しうる大掛かりなセットの上でさまざまな現象が連鎖的に引き起こされていく様子を映像に収めたもので、確かに本書は、そのときどきの選択や個々の出来事がドミノ倒しのようにつながって事故にまで行き着くプロセスを描き出しているのが特徴だ。

前半の「もしも」は、おもに著者の行動や選択を踏まえて投げかけられている。そこに滲むのは、悔やんでも悔やみきれない自責の念だ。「私たちは過ちの責任をなにかに押しつけずにはいられない。たとえ押しつける先が自分自身であっても」（本書九三頁）と語る著者の筆致は、それでも決して感傷に走ることなくあくまで冷静で、皮肉や自嘲のユーモアさえ漂わせている。

特筆すべきは、これらの一連の「もしも」を通じて、当時の社会状況や時代性が浮き彫りになっていることだろう。携帯電話がまだそれほど普及しておらず、デジタル時代到来以前の一九九〇年代末の日常を、ああそうだったと懐かしく思い出された方も多いのではないか。また、母親の「狂気」や「新しい父親《ヌーボー・ペール》」の役割について語った章は、鋭い社会・心理分析として読み応えがある。さらに本書は、一九八〇年代〜九〇年代のフランスにおいて、移民の多い貧しい「郊外」で出会った若いカップルが、よりよい暮らしを夢見て都会に出て「ブルジョワ化」していく軌跡も描き出している。

目を引くのは中盤の、「もしも」ではなく「なぜ」の問いが登場する14章・15章だろう。クロードが事故当日に乗った日本製のバイクについて著者の心に長年わだかまっていた問題が扱われているこれらの章には、グローバル自由主義経済が抱える矛盾、欺瞞、酷薄さに対する著者の怒りが色濃く表われている。

なお著者は各種インタビューでたびたび、「個人的な事柄は集団と共鳴してこそ意味を持つ」といった趣旨のことを述べている。個人の人生、あるいは伴侶の死という個人の体験を集団、社会、時代、歴史にリンクさせ、普遍的な次元にまで分析や思慮を広げたところに本書の大きな魅力があり、読みどころのひとつとなっている。

そして事故当日。この先の「もしも」の記述はフィクション性を強め、集められた断片的な情報から著者が作家としての本領を発揮してイマジネーションを膨らませていくのが特徴だ。そしてその過程で、家族と音楽とバイクと仕事を愛し、苦労すらも楽しむようにして人生を軽やかに歩んでいたクロードの姿が前面に押し出されてくる。このあたりから本書はクロードへのオマージュ、愛の物語としての側面を強め、最愛の人を奪った事故の瞬間をまるで筆の力で少しでも遠くへ押しやろうとするかのように描写はどんどん詳細になり、話が横道に逸れ、時間が引き延ばされていく。「そのままそこにいて。動かないで」（本書一五二頁）――だがそんな悲痛な呼びかけも虚しく、非情なカウントダウンは刻々と進み、決定的な瞬間がやってくる。

著者は本書を、直接的には言及していないものの「運命」について考えさせる作品だと述べている。確かに、事故をめぐっては奇妙な偶然が重なり、まるで個々のピースがぴたりとはまって「運命」の歯車を動かしているかのような印象を受ける。とはいえ、事故が運命だったのか否かの問いに対する答えは人それぞれだろう。各人の人生観や宗教観などに左右され、また「運命」をどう定義するかにもよるだろうから。けれどもひとつ言えるのは、ピースがひとつでも欠けていたらおそらく事故は起こらなかっただろうということだ。そう考えると、小さな選択や偶然の積み重ねから織りなされる人生の不思議さ、残酷さについて、改めて——というのも、多かれ少なかれおそらく私たちの誰もがすでに人生でそのことを感じているだろうから——深い感慨にとらわれずにはいられないのではないか。

著者ブリジット・ジローはアルジェリアのシディ・ベル・アッベス生まれ。アルジェリアは著者とクロードをつなぐ重要な要素だが、フランス統治下にあったアルジェリアに居住していたフランス人、つまり「ピエ・ノワール」の家庭に生まれたクロードとは違い、著者の場合はアルジェリア独立戦争時にフランス軍兵士として召集され、当地の病院で看護兵の任務についていた父のもとに著者を身ごもっていた母が身を寄せたためにアルジェリア生まれとなったようだ。ドイツ語、英語、アラビア語を学び、翻訳者、書店員、文芸ジャーナリストなどを経て一九九七年に作家デビュー。これまでに十五を超える著作を刊行する傍ら、文芸評論家、文芸フェスティバルのアドバイザー、編集者としても活躍している。

受賞およびノミネート歴としてはまず、二〇〇七年に発表した*L'amour est très surestimé*（『愛はきわめて過大評価されている』未訳）でのゴンクール短篇賞の受賞が挙げられる。その後、二〇〇九年に上梓した*Une année étrangère*（『奇妙な一年』未訳）でジャン・ジオノ賞審査員賞を獲得。二〇一七年には先述した父のアルジェリアでの兵役体験をもとにした作品、*Un loup pour l'homme*（『人間にとっての狼』未訳）がゴンクール賞、フェミナ賞、メディシス賞の一次候補作となる。さらに二〇一九年には*Jour de courage*（『勇気の日』未訳）でメディシス賞およびアカデミー・フランセーズ小説大賞の最終候補作入りを果たす。そして本書でついに、二〇二二年度ゴンクール賞を受賞。同賞審査員長ディディエ・ドゥコワンに、「非常にシンプルな装いをまといつつ、運命という非常に深遠な問いを投げかけている偉大な作品」と評された。一九〇三年から始まった同賞の歴史のなかで女性が受賞したのは、二〇一六年のレイラ・スリマニ（『ヌヌ　完璧なベビーシッター』松本百合子訳、集英社）に続いて十三人目である。

著者はゴンクール賞受賞後に受けたフランス大手書店チェーン〈フナック〉のインタビューで、「これはいままでに執筆したもののなかで一番時間がかかり、一番怖かった作品だ。この作品についてはは書くことができればそれでいいと思っており、ほかになにも期待していなかった」と語っている。

確かに本書を執筆するのは怖かっただろうと思う。決して塞がることのない傷口を無理やり押し広げ、なかを覗きこみ、手を差し入れて掻きまわすような行為だったはずだから。「書くこと、それは避けたいあの場所へと導かれることだ」（本書エピグラフ）――避けたい場所へとみずから導かれ、つらい過酷な体験を至高の文学作品に昇華させた著者の勇気と力量に心からの賛辞を贈りたい。

本書の翻訳にあたっては、早川書房の窪木竜也さん、校正者の栗原由美さん、株式会社リベルの山本知子さんなど多くの方々にお世話になりました。この場をお借りして心よりお礼を申しあげます。

二〇二四年九月

本作品は、アンスティチュ・フランセパリ本部および在日フランス大使館の翻訳出版助成金を受給しております。
Cet ouvrage a bénéficié du soutien du Programme d'aide à la publication de l'Institut français ainsi que celui de l'Ambassade de France au Japon.

AMBASSADE
DE FRANCE
AU JAPON
Liberté
Égalité
Fraternité

INSTITUT FRANÇAIS

訳者略歴　フランス語翻訳家　国際基督教大学教養学部社会科学科卒業　訳書『異常』エルヴェ・ル・テリエ，『夜、すべての血は黒い』ダヴィド・ディオップ，『念入りに殺された男』エルザ・マルポ，『ちいさな国で』ガエル・ファイユ，『ささやかな手記』サンドリーヌ・コレット（以上早川書房刊）他多数

生《い》き急《いそ》ぐ

2024年11月10日　初版印刷
2024年11月15日　初版発行

著者　ブリジット・ジロー

訳者　加藤《かとう》かおり

発行者　早川　浩

発行所　株式会社早川書房
東京都千代田区神田多町2－2
電話　03－3252－3111
振替　00160－3－47799
https://www.hayakawa-online.co.jp

印刷所　精文堂印刷株式会社
製本所　大口製本印刷株式会社

Printed and bound in Japan

ISBN978-4-15-210376-5 C0097

乱丁・落丁本は小社制作部宛お送り下さい。
送料小社負担にてお取りかえいたします。

早川書房の単行本

ポストカード

La carte postale

アンヌ・ベレスト
田中裕子訳
46判上製

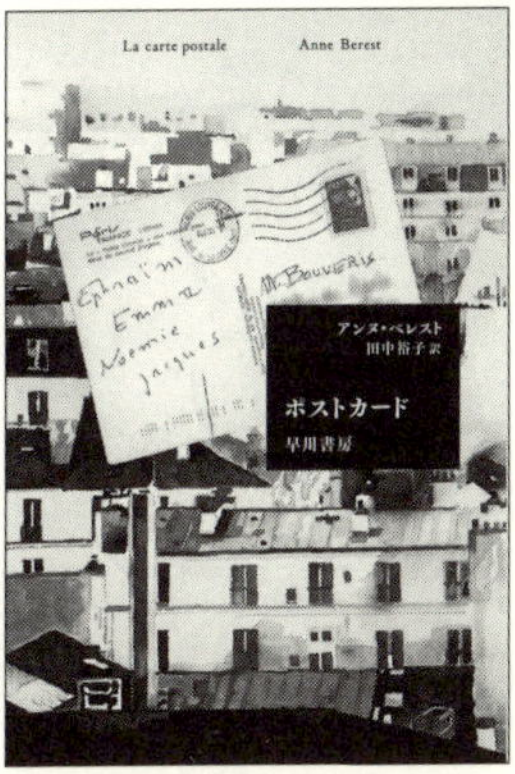

〈高校生が選ぶルノードー賞受賞作〉

二〇〇三年パリ。著者の母の元にポストカードが届いた。差出人名はなく、メッセージ欄には、かつてアウシュヴィッツで亡くなった祖母の肉親の名前だけが書かれていた。誰が、何のために長い時を経たいま、送ってきたのか。調査のすえに著者が知った事実とは？　あるユダヤ人一家が体験した実話にもとづく感動の長篇小説